タンの譚の舌の嘆の潭

原満三寿

思潮社

原満三寿 詩集

タンの譚の舌の嘆の潭

原満三寿

思潮社

目次

四季の四木の死期　10
タンの譚の舌の嘆の潭　22
終電車の箱から　36
牝猫の季譚　50
火宅火定　62
あやかしの胡蝶の木譚　68

いま戸陀林では 84
黄泉平坂指切りの渡し 90
逆水松異聞《サカサオンコ》 104
腐木の棋譚 112
黒い川〈クンネペッ〉 126
あとがき 152

題字＝大石雄介
写真＝著者
装幀＝思潮社装幀室

タンの譚の舌の嘆の潭

四季の四木の死期

其の壱　冬は白骨

冬は樺　樺はアイヌの木
雁皮《がんぴ》の漁火で魚をあつめ小刀《マキリ》で鹿を焼いてくれたアイヌ
丸木小屋を雁皮でおおい寒風をふせいでくれたアイヌ
そのアイヌが和人の圧制に絶叫《ペウタンケ》する火影に
松浦武四郎はたちつくしただろう
それは老いてもあらわれるかれの北国の幻影
氷で凍てついた樺の樹林は
まっ白い玻璃できた白骨　白骨　白骨の森だ

樺太では春になると
厳冬をこえられなくて雪上に死んだ動物の死骸が
深い積雪がきえた大木の枝にぶらさがるという

▼
・雁皮＝樺の樹皮。その白い斑模様が雁に似ている。
・金子兜太に「骨の鮭鴉もダケカンバも骨だ」の句がある。
・樺太は、樺が多いのでつけた地名。松浦武四郎の提言による。

温め鳥があの世にとびたってひさしく
その足裏の温みもすでにわすれたかれだった
木々の梢が凍てついてくだけ　月に罅《ひび》をいれると
さびしくてたまらず
おのれの舌をかんでいた梟の目に泪があふれた
樹木の心はすでに古り冬ざれて
枯野に生きものはさらされ　野ざらしとなる
すてられたガラス瓶の口から
韃靼海峡をわたっていった　てふてふの死骸がこぼれる

それを凩がしつようにいじりまわす
十六で詩歌をおぼえ
尻をいさらい　とよみ
墓所を奥津城《おくつき》　とおぼえたかれは
十七でちろりの酒をちびちびやり
十八で「深山竜胆のような青年ね」などと
半夏生のような年増におだてられて
うばわれたかれだった

そして芭蕉のように　ながねん疝気になやまされながら
七十で枯野のひとすじの道をゆく人影となった
かれのさえざえとした　ほそい四肢を
明治にできた短い鉄橋が　さびさび錆びながら
手の平のように　わらいながらまっている
かれはにびいろの空にうつった泪を
老斑の指でつまみ掌にのせると
つもりつもった七十年の怒りがあてどなくわいた

かれが　かれのまだしらぬかれにあうと
かれの脇を友人知人のさむざむとした葬列が
こまったこまった　とつぶやきながらとおりすぎた
かれは　いっぺんの哀悼詩　追悼句もできずに
ただ腹をたててその骨・骨・骨をみおくるばかりだった

其の弐　秋は血まみれ

秋は楓　楓は怨みの木
智積院で長谷川等伯の楓の紅葉の障壁画を
敬愛する詩人たちとみた
等伯の怨念が血ふぶきとなったかといっしゅん錯覚した
狩野派にねたまれて暗殺された子・久蔵への
こころにしみわたる愛惜こそ
等伯と老いたかれとをつなぐもの
二度もたづねた別所温泉の北向観音や

謡曲「紅葉狩」で
紅葉となづけられた鬼女の怨念の伝説をきいた
伝説にひめられた敗者たちの怨みの悲鳴をきいた

◀

・唐の女流詩人の魚玄機《ぎょげんき》も白楽天もマンサク科の楓《ふう》をこよなく愛した。魚玄機は
楓紅葉に愛を仮託し、白楽天は林間に紅葉を焼いて酒を温めた。

知の砦の主の気分だったいささかの蔵書を
古本屋にうりはらってしまうと
鎧をぬぎすてたような解放感をあじわった
本のかわりに発情した鶏頭の十四五本もほしいと
かれは想い出写真館の主人にきいてみたのだが
とおりすぎた女は愛におぼれた根深葱のように
含羞のはてに死んだというばかり
さびしくて　さびしくて
両手で自分の身体を抱きしめると
指に髑髏のかたちがなぞられて　いとおしい

水平の十字架のかたちをした鬼やんまが
むかし娼婦がいてにぎわった街を
えりえりきて　えりえりさっていった
かれがさびた斧のように　両手をたらすと
人をうつ音と　人がたおれる音とが
どうじに　路地裏からなつかしくきこえてきた
額縁屋などかれの文友たちをあつめて
みんなして　すすきのようにフォークをかざすと
はずかしいほど木々はうるみ　血まみれに紅葉し
なさけなくなるほど落葉した
かれはそっと　そのつかいふるしたかれの球根を
にぎり拳のなかに　かくした

其の参　夏は苦い

夏は欅　欅は多摩人の木
西脇順三郎が井上靖がことのほか好きだった欅は
宙《そら》の高みを知ってしまった孤高の木
おのれがおのれを支えるしかないさびしさに　立ちつくし
しかもいきずりに愛した他人を
樹心にかなしみながら
落日のようなほろ苦さが
おのれを支えた四肢にながれる

むかしのかれなら
詩友の暮尾淳のように　青瓜のような尻の女がいて
ふたりは　ジャスミンの白花をかざった緑卓に
緑便する鳥たちのように　翅をひろげ
口にほうりこんだマスカットが
海の母音のように甘い　と

たがいの舌にささやきあうはずだった
だがいまでは　感情的な夏空から　人嫌いの蜥蜴から
腐った愛の瓶詰の蓋はあけられない　といわれると
にわかに四つん這いになったかれが想像された

ときに　いなびかりが老醜をはやし
噴水がふきあげにはもうあきちゃったよ　という
すでに　かれには
虹をひっこぬく腕の力も
青麦のように　おのれをたかぶらせる青空もない
詩集を踏台にして　句集をとりだすよろこびも
からっぽになってしまった本棚にはない
空の棚には　したしんだ金子光晴や飯島耕一が
にやにやねそべっているだけ
いまや　かつてははげしくすんだ水に
じゅうおうにながした二十本の手足の指の
いっぽん　いっぽんが

しずかに狂いだすことをおそれるばかりだ
美食した黒揚羽蝶と夜の歓喜に紅潮した鯉が
かれをひどく侮蔑するのが
苦々しくかれにはわかるのであった

其の四　春は狂い

春は桜　桜は大和人の木
大和人の心に騒ぐアモックな囚木*
大和魂にさんざんに弄られ嬲られて
樹性をうばわれた矮樹
西行の桜の魂のものがたり
桜狂の本居宣長はついには桜と一体化しようとし
自らつけた諡《おくりな》が「秋津彦美豆桜根大人」
いゝい
あわれとは美しい死へのあこがれが
桜吹雪と同化する思い

*文化依存症候群

ステロタイプ化した国花幻想　死体幻想　怨念幻想
女に酔うように　花に酔うこの邦の
みだらなさびしさは　なんなのだ

家をでる猫も　穴からでる鼻血も　赤ん坊も
わすれかねて春をでるものは
すべからくなつかしい
公園のベンチでねている若者の
くろぐろとした鼻毛をみてしまって
こまりはてたかれは
血のにじんだ辛夷をわらわら笑い
血のにおいのする　できたてのソーセージをわらい
おもたい雲雀は地におとし　かるい酒瓶は空にほうる
手の平をとぶ女たちも　その葱の白い肌も
半世紀もつかった机にあそぶ蟷螂も
カナリアのように　春光におぼれさせ
仮死のまま野火にうめる

其の五　無季は虚仮

欅の新緑が　桜吹雪が
もうかれの皮膚をてらさないのをみさだめると
かれはうすよごれた左右の耳をそろえて
椅子からたちあがるのだが
すぐに　老いたけもののように頭をかかえて
四季の四木の死期　とつぶやいて
無精卵をだくように　老残をぬくめてみるだけで
けっして　それらの跫音をききに
陋居をでようとはしない
そうかといって　ひそかに悲鳴をあげることもできず
どうしても　かれをやめられないかれは
でるにでれない四季の旦暮をもてあますばかり
鏡の内と外のかれとかれを
目をそらしながらみつめあっていると
老いてであってしまった二匹の蝸牛のように

ぬらぬら狂おしくなり
それゆえに　いとおしくも　にくくもなるのだった

そんなたそがれるばかりのある日　ついに
かれがかれの子であることに　ついに思いいたった
あるいは虚仮の親と子であるかもしれない命であっても
倒木更新をつづける樹木のように
いのちの連なりを肯ってみよう
生ましめたもののところへ還るときまで
途方にくれ　おろおろしながらも　いまは
いまは生きてみようと
かれもかれもそう思うのであった

タンの譚の舌の嘆の潭

其の壱　譚 tan

春はタンの舌《タン》がいちばん乱れるとき
タンは逆子で生まれたゆえか舌がよくまわらない
それでも　かつてのタンならば
舌がまわらなくても野原にひとりとびでて
ギャロップゲロップ　ジブラブブラブ
などと叫声をあげ
初音の鶯がはしゃぐ紅梅に
ジョウジョウジョウジョウジョウ尿《いば》ったり

蝶をてふへへてふへへおっかけたり
咲きたりなくてながれる花筏に空想をのせたり
孤独ながら　ひとり春秋の精に心おどらせた

春の生きものは　すべからく
それぞれの芽吹きの言葉を
得意気に有頂天にはきだす
翻車魚《まんぼう》がマンボ　ウッと空にうかぶと
三味線草がペンペンペンペンペン囃し
鼓草がタンポンポンポポポポ黄笑する
粘菌《ねんきん》がキンキンキンキンキン増殖する
ときには　朧の雑木林を
国が敗れたのも知らない戦没兵たちが
ガマガエルみたいに背嚢をせおい
へしつぶれた飯盒を
国家のようにガラガラガラガラひきずって
テンノウヘイカ　バンザイ　バンザイ

とぞめきながら
歩きまわるのをみることもあった

春は　鼻血のように
突然に　あるいは　静かに
言の葉がタンに降ってきて
言葉が言葉をゲロゲロゲッゲッはきだす
タンの言葉がわかるのは
若くして死んだ美しいママンと
米軍の戦争孤児でハーフのイブ（タンはそうよんだ）だけ
タンを邸宅においたままの貿易商《トレイダー》のパパもわからない
だからタンは　イブが恋人になるまでは
ひとりで野山をあるきまわって
季節の禽獣や草木や虫魚たちと話したり
花々の性器をわたる蝶や蜂たちと戯れたり
我流の設計図でつくった
ゴム動力の模型飛行機をとばして雲たちとあそんだ

天気のわるい日は　書斎にこもって
『失われたムー大陸』『虫の惑星』『神々の猿』
『ゾウの耳はなぜ大きい』『Gustave Moreau』
『犬のことば事典』『世界樹木神話』『カムイ伝』
といったような本の言葉たちと空想にふけった

其の弐　舌 tan

おおいかぶさるような欅の葉風が書斎にふきこむと
テンプラ金髪のタンを
刺青をした縞馬にのったイブが
酸漿《ほおずき》をキュキュキュキュキュならしたり
蛇苺を枝ごとかざしながら
Marilyn Monroe みたいに尻《ひっ》ぷり
Albert Einstein のようにアカンベ エーし
　蟻地獄って薄翅蜻蛉の snare（罠）なんだって

砂の擂鉢におちた虫の生き血をすいつくすそうよ
などと　新発見の喜びをもってやってくる

だが　その日　9・11（ナイン・オ・イレブン）
アメリカの栄華のシンボルだったふたつの Tower に
テロの飛行機がつっこみ Tower を崩壊させた
その巻き添えをくって帰米中のイブが死んだ
いらい　Tower of Babel の故事のように
ひとびとの言葉はますます通じなくなり
タンの言葉はいよいよわからなくなった
alone になったタンは
模型飛行機をすて
野山であそばなくなった
そして　まわらぬ口をとざした

邸宅のほとんどの部屋の時計が
合唱のように時をうっても

タンの書斎だけは時をきざまず
タンはイブとのさまざまな映像や空想にひたったた
やがて　かわたれ時ともなると
書斎には水が湧くようになり
水は川となってゆっくりながれはじめた
ときには　いちめん河骨の沼沢となって
ダンテの親戚のような青鷺がきて水の哲学をかたったり
紋黄蝶が水面をのぞく連翹や雪柳を嘲斎坊《ちょうさいぼう》したりする

　タンの川ほど淋しいものはないわ
木下闇から死んだものの声がきこえた
イブだとおもって　水で水を洗ってやると
　タンは言葉を信じすぎるのよ
水のイブの濡れた声がする
イブを舌にすいあげると
はじめてイブを抱いたときの匂いがよみがえる
　そんな抱きかたでは手ぬるい

と　いったイブのしなやかな軀のつよい匂いがよみがえる
タンが水にはいると
イブのながい髪がタンにからまり
イブがママンともなり
イブやママンと抱きあっておよぐと
ふたりの恥毛がやさしくタンに溺れるのがわかる
すると　イブとのはじめての出逢いが
タンの海馬のスクリーンにながれた

ふたりの出逢いは　少年のタンが
少女のイブの万引きをたしなめたのがはじまりだった
そのときふたりは　ながいこと無言であるいた
そんなふたりに俄雨がきて
雨が万緑の樹木におり
滴が孤独な地層にしみるように
たがいの魂を濡らせることになったのだった

其の参　嘆 tan

法師蟬がつくつくつくつくなき
赤蜻蛉が朱をまきちらせてとぶ
少女は枝にぶらさがったままの蓑虫をもってきて
　蓑虫は〈鬼の捨て子〉ともいい　秋風の吹くころには
　父よ父よ　と鳴くそうよ
少女がめずらしい土産のつもりで蓑虫をさしだした
すると少年は Oedipus complex をみぬかれた気がし
自分のなかに閉じこもった己を蓑虫に映して羞じた
それからふたりは言葉がなくても
イブの水の層へタンの言葉をさしいれれば
風にこたえる木の葉みたいに
ふたりだけの世界がゆれた
そのイブが死んだ
タンは錘となって水底にしずんだ

イブが死んで　タンはスキンヘッドにした
するどくさえずる百舌がすむ森は紅葉し
風がイブの髪のように書斎にふきこむ
魂迎えの夜には
ファスナーをひらいたイブが
月夜茸のようにはなしだす
川にイブの精霊の目がながれる
野菊のように背を折ったタンが
　月光に生まれた川は流離うしかないのか
タンがつぶやくと
　秋は虚なのよ　virtual とは訳せない虚なのよ
イブがささやくのがきこえた

それからタンは書斎でひとり
生者より死者にながれる日月の川をながれて
いろんなところへ水の言葉を聴きに流浪した
アイヌの聖地二風谷《にぶだに》の土砂でうまる沙流川へ

上海の魔をのみこんだ揚子江《ヤンツーキャン》の潭へ
マレーシアは蛍の木《カユアピアピ》があるバトパハの川へ
沐浴し死者をながすヒンズー教徒のガンジスの川へ
ニトログリセリンが臭う聖戦《ジハード》の砂漠の川へ
ナイルパーチの悲劇といわれるビクトリア湖へ
白川静の神々の洪水神話の川へ
かずかずの異邦の水の言葉に耳をかたむけた
空想の異人《まれびと》となることだけが
かろうじてタンをささえた

其の四　潭 tan

冬陽がひくくタンの書斎にはいりこむと
川はピアニシモにながれだすのだが
もうイブもママンもながれてこない
だからもう水に無言の言葉をかけることもない

それでもときどき水量のすくなくなった川の水で
イブとママンの象《かたち》をなぞってふいてやる

そして川が涸れた日
タンはジョン・エヴァレット・ミレイの画集をひらいた
野花を摘んでいるうちに川におちて溺死してしまい
仰向きにながされる女性
ハムレットの恋人〈Ophelia〉が描かれていた
溺死したこともしらず歌を口ずさみ
罌粟や雛菊やパンジーに囲まれてながされる美しい姿に
イブとママンをかさねた
タンの目にあつく泪があふれ舌をぬらした

囚われていた書斎から
凍えながら外にでてみた
雪をのせた汽車が悲鳴をあげて
寒林の静脈をとおりすぎるのがみえる

ひとびとはひくく日のあたった集合住宅に集合し
ぬくぬく平和をたべあっているようにみえる
その高階からつたないオルガンの響きがきこえた
子供を前後にのせた自転車が唱うようにとおりすぎた
冬野をあるくと
風花が柳絮《りゅうじょ》のようにキラキラとんでキラキラしゃべった
とつぜん　好きな柳絮の漢詩がまわらぬ口をついてでてきた

軽く飛んで風を仮《か》らず
軽く落ちて地に委《い》せず
繚乱として晴空に舞い
人をして無限の思いを発せしむ*

道の端にできた霜柱をそっとふむと
玻璃がこわれるような悲鳴をあげた
むしょうに詩がよみたくなった
書斎にもどって詩の雑誌をひらいた

発語する言葉と遊び
そして苦しむある詩人の
詩の一節がタンの心でふるえた

「ありがとう　言葉よ」
「たったひとつの言葉でいい
　ここから解き放つ言葉よ　やって来い」*

口がよくまわらないながら
タンは大きな声をあげて
その詩の一節を
なんども　なんども　よみあげた

*漢詩は、中唐の詩人が、劉禹錫《りゅううしゃく》「柳花詞」より
「軽飛不仮風　軽落不委地　繚乱舞晴空　発人無限思」
*詩は、飯島耕一「近況」より（「現代詩手帖」〇八年七月号）

終電車の箱から

退屈でしかたがない
あてもなく余生の時をすごしている
腸《はらわた》がただれるほど退屈だ
舌で自分の鼻穴などさぐってみたり
自分の軀のあちこちを嗅いでみたり
頭にだけ棲んでいた色情もいまや瀕死の残像だ
かつて愛したものたちをよびだして
死んじまいやがってと打擲してみても
退屈はやまないのだった
もう進むことも退くこともないわたしは

わたし自身の終着駅なのであろう
　とうとう着いたところが昨日のとなり*
そんな晩句を書いた俳人がいたが　そんな心境なのだ

その終着駅に
おりしも屋根に雪をのせた終電車がついた
扁平な顔をした男や女たちがぞろぞろおりてきて
「なんと馬鹿くさい世の中なの……
　やな渡世だねえ……」　などと
それぞれ不平不満をいいつのったり
メールで交信しながらさっていった
グリーン車から勝ち組と称する者たちがおりてきて
苦虫をつぶしてうそぶいた
「すべてはおのれらが一から発《おこ》ったことだ……
　神の邦の恩をしらぬ土器《かわらけ》め……」
ついで昨日の黙《もだ》少年が明日の虚仮老人をかりてつぶやいた
「通過儀礼の挫折もした。枯野をかけ廻る夢も果てた。雪月花も飽いた。

これからはこの国の薄暮を栖にまぎれるのだ」
さいごに角巻に顔をうめた亡き義母《はは》がおりてきて
「いつもばっつどごめごがてもらいありがとう。ばっつはわぁの墓に入れてくんねがのぉ。なに、あど歳ださげ抱かねてば。死んだ爺さんより情がねえの。なに、墓はねーて。そいだば鳥海山にでも灰だば撒いてやてくんねがのぉ」
(「いつも娘をかわいがってもらいありがとう。娘はあんたの墓に入れてやってください。なに、もう歳だから抱かないって。死んだ爺さんより情けないんだねえ。なに、墓は無いって。それなら鳥海山にでも灰を撒いてやってください」

そういうなり義母はまるい背をみせて闇の街にきえた
終電車から乗客がみなおりると
わたし宛の四つの大きな箱がおろされた
ひとり住まいの陋居にもちこんで
箱のなかのものを順にあけてみた

▶

＊「とうとう着いた……」の俳句は、家木松郎『家城』より

壱の箱

一つめの箱をあけると
春の橋が架けられていた
橋をわたると
雑木林の枇杷の子がおはようといい
生まれたての虹がたち
初燕が宙にひるがえった
虹が散ると　軀の虫が騒ぎだした
春の磁場に誘われ
髄をずいずい鳴らしながら
萱《かん》の道や蝶の道を逍遙した

臘梅をたずねると
老斑の老爺が歯ぐきをみせ嚔していった
「老人が春の暴発をおさえるには嚔するしかないんだ」
紅梅の林にはいると

目玉が濁った老婆がつぶやくように唄っていた
「春の日の一夜二夜は泥まみれ……
　三夜四夜は骨がらみ……」
満開の桜の下を
孤児院を脱走した孤児が盗んだ自転車で奔りさった
連翹や小手毬の暗闇の群生をぬけると
坂の上の空に大きな飛行船がぽっかり浮かんでいた
うれしくなって口を開けて見とれていると
陽が軀にはいってきて　ほのぼの灯るようだった
すると　また義母の声がきこえた
「口は戸口ではねぇ。温いがらと云て開けっ放しはだめだもんだ」

春の箱からはなんでもよくふきこぼれた
発情した二匹の黒猫が堪えかねたように
水仙の群生が海になだれる崖から
海に連れあってジャンプしたのも
春の橋が幻想をふきこぼしてぐらつかせたからだと

わたしは想ったのだった

弐の箱

二つめの箱をあけると
夏の柱が佇立していた
全裸の夏空の顔にやつしたわたしが
緑陰にわけいると
柱にかこまれた若者たちと老人たちが
ホルマリン色の液体をのみながら
過去をはきだしていた

それぞれの青春を万緑の言葉におきかえて
古ぼけた若者が古ぼけた老人たちに語る
「大学をでてはいった会社はたちまち傾いて、労組をたちあげ書記長にな
った。六百名ほどの社員のなかにその娘はいたんだ。海酸漿のような唇

をかむとひどく羞《はにか》んだ。娘から女になった女は、かたちのいいお臍を青
嵐にさらし、〈夏は満身が放電してしまうんだから〉などといいながら軀
をタンクローリーみたいに剥きだし、俺をおそれさせたんだ」
一人ひとりの影が柱の影のように　いくえにも交差して
たがいの軀を滑っていた
「夏になると残肢の銃創がひりひりする……
焼夷弾で人も街も木っ端のように焼かれたからねえ」
戦争で片脚をなくした老いた大工が
猿の腰掛のような掌をひらつかせ　がなった
「いつせいに柱の燃ゆる都かな*
なんていう句をよんだ俳人もいたねえ」
目に火炎を映した老いた国語教師が
一九四五年八月十五日正午の青葉木菟《あおばずく》のようにつぶやいた

いつのまにか　老人たちのまわりには
死者の手が無数にあつまってきて
万緑の葉っぱのように戦いだ

かつては生命をたぎらせた緑陰のかれらは
過剰な時代の炎天に過適応して火傷し
いまや樹木の象《かたち》となった夏人《かじん》たちなのだと
わたしは懐《おも》いつづけた

▼

*「いっせいに…」の俳句は、三橋敏雄『青の中』より

参の箱

三つめの箱をあけると
秋の梯《はしご》が高い宙にのびていた
梯から虚無氏が時代遅れのアナーキーな顔しておりてきて
すべての記憶樹の葉っぱを紅葉させ落葉させた
「わしの結論だが、秋は抱くか徘徊するしかない」
虚無氏がそう断定するので
花野におちていた女をひろって

臙脂の帯をとき　いろいろの色の紐をほどいて
萩の淡い光の巣のなかで抱いた
喉に唇をあてると野分の薄のようにのけ反り
通草《あけび》のように肢体がこんぐらかった
女は和紙人形で
かさかさかさかさ　あえいでないた
女を燃やしてやると　よくねじれるのであった

それからわたしと虚無氏は
野晒しになった俳諧師のように徘徊し
陸奥《みちのく》の闇の虫のように哄笑し
はぐれた水鳥のように水の寂しさにたえた
なにかに焦がれつつ野菊の道をめぐると
すべてのものが菌類のなつかしさで寄り
乳母車をひいた黄八丈の女と道連れとなった
帯にたばさんだ鈴の根付けが女があるくたびに哀しげに鳴った
乳母車には赤ん坊はいなく

折鶴があふれていた
わたしが記憶の埋木をほりだすと
日のあたる枯木の山や羊歯でおおわれた深い渓に
女が寂しく木霊した
「十六夜の川に母を洗い母を流した……
母の業を継いだわたしは偽りの乳房をかかえ
あやかしの乳母車を永劫にひいているのです」
女が折鶴を両腕にかかえて宙に放った
折鶴がいっせいに銀河の尾をめざして翔びたった
折鶴を追って秋の梯を登っていけば
銀漢になれるだろうかと
わたしと虚無氏は佇《たたず》んで望《おもい》いつづけた

四の箱

四つめの箱をあけると

冬の階《きざはし》が巻貝状にのびていた
階はわたしをマンションの屋上にみちびいた
羽をふくらませて風をさけていた雀が
いっせいに街の方角に舞いあがった
街には壁が群れて
浮いたり沈んだり　衝突したりしていた
壁は剝がされても曲げられても
新しい壁がつぎつぎ現れた
見える壁　見えない壁の隙《げき》に
北颪が吹きすさんで
街もわたしも辟易した

よたよたしながら階をおりて
二階の薄暗い四畳半の炬燵に軀をいれた
温まると　壁に化《け》とも荒《こう》ともつかぬ
あつく毛におおわれた変な虫が現れ　ささやいた
「冬には撩乱を娘《こ》に継ぐ女はいないものか」

すると　乳房をもった妙な虫が現れ　いいかえした
「冬の女の軀は生きものが凪ぐ日でなければ
　けっして騒がすことはないのよ」

外は霙になり　部屋が暗くなった
壁の変な虫も妙な虫も暗さにまぎれた
チロリと湯豆腐でちびちびやっていると
また義母があらわれてつぶやく
「こげ寒くなっど、わぁにドンガラ汁で暖ったかいママを食べさせでぇ
　もんだの」
義母への懐かしさが軀を温めた
すると　ホスピスで別れをいったばかりの友人や
別れてひさしい黄泉の人たちが
つぎつぎ階をのぼってきて
つぎつぎ炬燵に冷たい四肢をいれるのだった
黄泉のひとたちがこうも寄ってくるのは　やはり
わたしがわたし自身の終着駅であるからだろうと

わたしは臆《おも》いつづけた

◀

・ドンガラ汁＝鱈や鮭のアラなどを赤味噌で煮込んだもの。

五の箱

四つの箱のなかのものは
わたしのかつての春秋の象《かたち》をかりた
あやかしであったにちがいない
箱からころがりでたすべてを元にもどし　蓋を閉めた
閉めると　なぜか寂しさに鷲摑みにされた
同時に　身体中に黄水仙と菜の花の色と匂いがひろがって
またまた義母の声がし　聞いたようなセリフをはいた
「でんじなわぁさん……人のやてしまういちばんの狂気沙汰は、ただ悲
しいでら侘びしいでらいいて死に急ぐことだぞぉ」
すると　わたしの軀の言霊が反応した

四つの箱の〈橋〉〈柱〉〈梯〉〈階〉のある景は
わたしを次の世界へいざなう暗示だったのではないか
「まだ　おまえの生《せい》は満ちてはいない」と
であるならば　終着駅は還りの始発駅ともなるだろう
ふたたび出発する電車はのろのろの鈍行であろうが
それに乗りさえすれば
わたしは五めの箱を見つけられるのではないか
〈五の箱〉をさがしもとめる旅は　おそらく
かの老いたドン・キホーテのごとく
わたしの残照を露わにし
愚かさ哀しさを曝《さ》らけだすことになるだろう
だが　それが生を満たす旅であるならば
わがドン・クソジジイ！
おまえはロシナンテの痩せ電車に乗れ！
そう　わたしは意《おも》いつづけた

牝猫の季譚

ハルの宙《そら》

牝の野良猫ハルが旧家の春江さんにひろわれたのは
あふれるほどの菜の花の波に風が囀り
春蛾がしきりに虚無の焦げる匂いをさせ
草蜘蛛が漏斗状の棚網を張って
鶺の巣の黒い空間や辛夷《こぶし》の白い空が
フォンタナの傷のように裂けたころだった

春は川から山へ　秋は山から川へ　というが

川では水を噛んだ水鳥が喉の奥までみせてなき
平野の川に峡谷からの川がのっかってたわけだ
堤の斜《なぞえ》では　藪甘草が萌え犬陰嚢《いぬふぐり》がざれあい
一文字蝶が青空の浮浪児のように飛びまわった
ザリガニを空中につかんだ童子がにっと笑った

ハルは春江さんとうららかな橋を　下萌えの道を歩いて
生新しい風にまいまいして陽炎のように幸せだった
ひろわれるまでのハルは恩賜公園をねぐらとする
自称〈路上聖者〉のオッチャンと
その早い死までいっしょに暮らしたこともあったが
ほとんどは饑《ひだる》さをこらえて人間《じんかん》をさすらった

ひろわれてからのハルは春江さんの蘭模様のベッドで
春江さんの巨乳の谷に顎を埋めてまどろみ
夢のなかで自分の舌で自分の舌をこねまわし
春の苦い菜や青い魚や鮮らしい肉をもてあそんだ

すさんだ日月はガラクタのように劣化した
そんなハピネスに闖入してきたのが遊蕩児の健二だった

健二はあいあいとした花ぐもりにもうもうと尻をゆすり
　〽餅あげて娘うれしや雛祭り桃のあたりに醸す白酒
なんて口ずさみながら春江さんの軀にあがってきた
春江さんの軀は虹のように嬌声をあげ
意地悪《メシャン》　意地悪《メシャン》　と夕焼けのようになきじゃくった
ハルはそっと家をでた　街から人から消えるために

霞にうかぶ木橋をわたり鳥雲の道をハルは奔った
街の境で突然ハルにガキドモが石礫をぶつけてきた
温くなった大地にハルの血がきらきらながれた
——荒涼が棲みし四肢は野の棘に還せよ
ハルの軀のなかを野良の野生がさけんで駈けぬけた
ハルはしなやかに宇宙《そら》を跳んで春の怒りにたえた

ナツの泥

日雷《ひかみなり》のよく鳴るとあるかわたれどき
公営団地13号棟脇の捨自転車の陰で
牝の野良猫ハルが泥を産みおとし
案の定　泥は牝の野良猫になった
名前はある——ナツ　団地の住人はそうよんだ

ナツが生まれると
昔日のように自転車は錆びて
柳の下闇の凮にまみれて
ナツはあざやかな斑々《ぶちぶち》の毛並みの
しかも荒涼とした牝猫になった

万年巡査部長がムロアジのクサヤを
半導体開発技術者がタコ姿のウインナーをくれた
「目が夏山の急流のようだ」

団地の住人たちはそういいあって
ナツをかわるがわるのぞきこんだ

ナツは触れるもの見えるものならなんでも愛した
青すぎる野を傷つきながら奔るのを愛し
紅熟した甘い山桜桃《ゆすらうめ》を嚙むのを愛し
夏萩にふりそそぐ騒がしい月の光を愛し
草蜘蛛の深い緑の皮膚をこわごわ愛した

そのころから尻がムズムズし
土に尻をズリズリこすりつけたりしたが
シラタキのように　むず痒かった
尻をなめると野蒜みたいな臭いがし
なにかがしきりにザラザラこぼれた

野良仲間と嚙みあい　のけ反りあった
雲の峰がくずれ

緑陰の水がにごりだした
ナツは赤い目をあけて虹を帯電し
灼けるような熱さがナツをつらぬいた

そんなある日　団地と農地をわける道路でハルが轢かれた
まずタンク・ローリが　つぎにダンプカーが
そして乗用車がハルを轢いていった
死体は炎天に焙られ　のされて雑巾の末路状になった
ナツは象《かたち》のないハルを孕み継いだのだとおもった

ナツが蝶を食べだしたのは……それからだ
青空に青野を遊ばすコムラサキの飛翔を
頰つやつやと吸水するヤマトシジミの酔眼を
黄花をぬけてきたキアゲハのは翅を食べたのは……
ナツはそのたびに蝶の痛さの象に跳んだ

夏果てのころ公営団地13号棟脇の

あらたな捨て自転車置き場の陰で
牝の野良猫ナツが泥を産みおとし
案の定　泥は牝の野良猫になった
名前はある——アキ　団地の住人はそうよんだ

アキの道

牝の野良猫アキはたまらず奔りだした
いろんなものが倒れている道があるときいたからだ
快楽《けらく》のマンジュシャゲの群を曲がると　曲がった音がして
颪の晴天の函のなかでその道は霹靂にさわぎ
逃げおくれた晩夏光が仇討ちの刀めいてころがっていた

いろんなものが空前に傾き　絶後に倒れていた
耶蘇も曾孫《ひまご》もニガウリや陰陽思想も極道国家図鑑も
いろんなものがいろいろかってに倒れ

初夏から倒れていたものはたまらず腐乱をはじめ
そのはじっこをカワラヒワがついばみ　鰯雲が破顔した

オニヤンマが宙を一撃し　アリジゴクが孵った
むかしのガキ大将が味方をひきつれ行進し唄った
〽加藤清正関東豆一升食って
　お腹が太鼓でお尻が喇叭でぷかどんぷかどん
弥蔵をした俳句宗匠がたまらずワサビをすりおろした
〈野良猫が漂泊している夕陽の木〉

道のとっぱずれにある塞馬寺《さいばじ》の仁王門の朱が傾いた
柱のいっぽんいっぽんの影に無神がちらばっていた
影も無神もわたしだ　たまらずアキは口ごもった
倒れている影は鳴きそこね　無神は全身をむきだしにし
かわいた水を抱くように　にぶくうらがえっていた

「娑婆からうしやァがった大まごつきめ」

風の死体ににた不知火《しらぬい》がたまらずアキにわめいた
倒れているいろんなものにナナカマドが自爆し
有象がほっても無象がほっても　白骨がなくばかりだった
目玉の寒い月がのぼり　ギンナンの海がざわざわにおった

うしろ脚を〈く〉の字にまげ　肛門をぴんくにしたアキが
脱糞した穢土はフユだと一〇〇〇年の荘厳にふけった
アケビが紫にのぞいて濃く噛ってぺっぺ種をはいた
雨のおもたさがスカートの滴のように　額におちた
アキは雁木の方に日月の速さでたまらず駈けだしていた

フユの声

モズが高鳴きして七十五日すると
冬毛にかわって冬になった
野道をゆけば

みんな可愛い血だらけのナナカマドも
ごーるどらっしゅのギンナンの大木も
いっせいになだれて真っ裸になった

のざらしの裸木を木枯しが殺してまわり
不在ののこり柿が野良猫フユを空っ風にさらした
饑さに冷えたおのれの軀をおのれで抱くと
夢にあらわれた蝶は嘘の泪をながしていた
冬のものたちのさまざまなざわめきのなかに
フユの軀をよぶナガレモノの野良猫の声があった

そのナガレモノは
めったに青信号にならぬ国道を横断してやってきた
いかにも雑種然とした毛並が
はぐれた獣の荒涼をかくさなかった
老のきざしたその目は木枯しに爆ぜる煙草火のように
その中心にいっしゅんの血を奔らせたりした

〽おんなのことなら蛍の尻さ雲を浮き寝の旅枕
人の女房と枯木の枝はのぼりつめたらいのちがけ
恋しいときは猫だきあげてちょっと重たい膝の上
心につもる雪つもる寒いと小声でいってみる
浮世をはなれた坊主でさえも木魚の割れ目で思い出す
ねぐら定めぬ股旅はマタタビたずねてまた旅に

俗謡やもじりを鼻先で唄いちらして
任侠《ニャンキョウ》をきどるナガレモノのどこに魅せられたのか
冬木の芽のような悪童めいた目笑に惑わされたか
「もっと恥ずかしいことをしてください」
肉を睦ませながら強がったフユの唇《くち》を
ナガレモノの荒れた唇がふさいだ

ナガレモノはフユと暮らしてひと月ほどでぽっくり死んだ
捨て自転車がまっ白になるほど風花が舞った日

「この世の取り分はつかっちまったようだぜ」
そういいながら元来た国道をわたったところで斃れた
尸体《かたしろ》の口に口移しで水をふくませてやると
塩の匂いがして遠い海の声を聞いた　とフユはおもった

ナガレモノを埋めた雑木林の椿が咲くはしから落ち
捨て自転車に冬光が白くあつまって巣のようだった
ナガレモノの目のような木の芽たちが
冬の青空の愛《かな》しみを吸っていた
フユは梢から梢に飛んで　泣きだしそうな空気を裏返した
それが生み継ぐものの象《かたち》なのだとフユは信じた

火宅火定

焼かれる日がハリハリするほどの青天にめぐまれるとは……
大学病院の死体置き場からひきだされて
火葬場にむかう搬送車に揺られていると
暗闇のエーテルのなかを漂っていた胎児が
にわかに水槽に移され　まっ青な空の下をはこばれる
いっぴきの淡水魚になったような
囚われた不安と体をさらされた羞恥におののいた

それにしても　放射線で黯くなった爺いの死骸と
三日間も並べおかれた

ステンレス製の冷えびえとした死体置き場を
霊安室とは　よくいうよ
微弱な燭光が青白い陰影をつくる閉ざされた部屋には
深海の底にたまった泥から沸きあがる気泡のように
爺いとわたしの死臭が混ざって浮游していた

*

暗闇の眼玉濡らさず泳ぐなり

意識ばかりギラギラさせて暗闇の海を漂っていたさまは
いい句友だった鈴木六林男の句意にかなったものではなかったか
おもえば　この句の色紙がかけてあった部屋の生活も
俳諧という業の海に翻弄されながら泳いだだけだった
六林男さんよ　あんたも充分生きたのだから
柵におさらばして早くこっちへおいでよ

若い医師がいつになくやさしく耳元で
「やはりガンではなかった……腸閉塞です」といったが
やはりガンで　すでに全身に転移し

腸もぼろぼろ　人工肛門も繫げなかったらしい
激痛が波状に襲い　見舞いの親しい俳友についつい
「早く死にたいよ……」と
弱音を吐いたのは今生の甘え　赦されよ

病気の巣といわれた身体で働くこともできなかったが
生活保護のお陰で数十年も生かせてもらったのは　僥倖というもの
なんどかの入院・手術もすべて国がかりだった
俳句の弟子たちが死体の引き取り方を国と折衝しても
孤独死として扱われた遺体であるから　通夜も葬儀もだめ
火葬まではいっさい人とあうことは許されないとのお答え
なるほど　これが因果応報というものか

火葬場には〇〇家という大きな立札がならんでいたが
孤独死ゆえの費用節約らしくわが家のみはなかった
俳友たちが入口で弔い客を誘導し
再婚同士の夫婦が香典を受けつけていた

身寄りのないはずの死者に大勢の参列者があったので
斎場の係がけげんな顔をするのが　すこし可笑しかった
孤独な女流俳諧師は愉快犯でもあったのだ

真新しい棺が広間に運びこまれると　参会者は合掌し
蓋をひらいて死出の薄化粧もないわたしを覗きこんだ
「きれいなお顔ね」
「生涯独身の聖老嬢だったからね」
それぞれの思いをこめた追悼の短冊や白菊を
わたしを抱きつつむように投げいれた
ふだん気の強い女弟子がとつぜん哭きだした

そっけない読経のあと焼窯にいれられた
たちまち窯には烈しい火が熾り　木棺を破った炎が
仰臥するわたしの死肉を骨を嬲った
　吾が葬の日は焚き合えよ朱なる火を*
炎えよ燃え尽きよ　生者にわが裸身を曝すな

わたしが炎をあげて勢いよく燃えだした
火定　わたしを愉悦がつらぬいた

嫩《わか》い愛撫の日々を中途にしたまま死んでしまった
ひとりの男との遠い残照が
金環食のように闇黒の天蓋に　いっしゅん輝いた
　留針を真昼の蝶にしかと刺す*
　せつせつと眼まで濡らして髪洗ふ*
などと詠んだ女たちの
おのれの軀をもてあました哀しい愉悦がどよめいた

骨揚げのとき　ふたたび慟哭がおこり嗚咽がひろがった
「お歳のわりにはお骨が多いです」
「喉仏は高熱で毀されたようです」
係が大小の白骨を棒でギシギシつついて壺に納めた
弟子のひとりが代表して挨拶した
「絶句は……芳子の忌東京タワー全裸で点く……でした」

「香典と国に隠した見舞金で後日追悼会をやります」
去ってゆく参列の男や女たちの黒い背に
骨壺のなかからグッバイした
ナナカマドの紅葉が無数の赤ん坊の掌のように揺れた
　母が降るこの紺碧を嫁ぎゆく*
ふいに　思いもかけない句が骨壺のなかで鳴った
あの世で男と添わせようと　黄泉の母が憐れんだのか
ひとりで火宅をへめぐってきた女の心音であったのか

▼

引用句＝「暗闇の……」　鈴木六林男
「吾が葬の日は……」　細谷源二
「留針を……」　中村苑子
「せつせつと……」　野澤節子
「母が降る……」　山中葛子

あやかしの胡蝶の木譚

其の壱　厠から恩賜公園へ

わが陋居のトイレで大きい方の用をなすものは
どうしても壁にかざった俳画をみることになる
「厠にて鴨の着水考える」のわが腰折れに
彩墨画俳人の浅尾靖弘さんが
画面にあふれるほどの飄逸な鴨を描いてくれたもの
用をすませた客人が
けっこうなものでげすなあ
などと世辞をいうこともある

さんざんみなれた俳画なのだが
世間より十年ほど遅れて所帯をもった次男がいなくなると
なぜかにわかに鴨の着水がみたくなって
上野の不忍池にきてみた

だがついたとたん不快になる
〈上野恩賜公園・不忍池〉の名称が
江戸っ子じゃねえが　気にいらねえ
「恩賜」たあなんだ
天皇から下賜されたものをさすことだろう
公園ばかりじゃなく恩賜林なんてえのもある
いつから公園や林が天皇のものになってたのかい
「下賜」たぁなんだ
ほんらい君主から家臣がものを拝領することだ
するてえとおれたちは天皇の臣下かい
ざけんじゃない
と　まず年甲斐もなく加齢難癖をぶつぶつ

其の弐　池をめぐりて

だが池をめぐりはじめたとたん愉快になる
鴨などの水鳥たちが
全裸の蒼穹の下で気持ちよさそうに
同種で群れたり
きらきら混ざりあったり
鴨が鴨を嗅いだり脅したり
尻ふりふり鴨走りする鴨もいる
あられもなく尻逆立て水中の餌をあさるもの
餌をみな平らげても餌に群がるもの
メタボになって北に帰れそうもないもの
叶姉妹のように豊かな胸をよりそわすもの
さまざまな水の兄弟たちの日々は是好日にみえる
そのうえ弁天島には
さまざまな石碑がごちゃごちゃとある
とくに異端の画家・長谷川利行の大きな碑に

その溶岩流のような絵と
酒にまみれた生涯がよみがえって
彼の不忍池の絵を実景にかさねた
利行が窮死した翌月にわたしが生まれただけに
なにかがわたしのなかでうごめいた

▼

・長谷川利行／一八九一年生。一九四〇年五月、三河島駅付近で倒れ、行路病者として東京市養育院に収容された。紀元二六〇〇年の奉祝が近い十月十二日、看取るものもなく胃癌で死去。享年五十（数え）。ちなみに、この日は客死した芭蕉の命日、享年五十一。
・利行碑／利行没後三十年を記念して建立された。碑の文字は熊谷守一。碑の利行短歌「人知れず　朽ちも果つべき身一つの　いまがいとほし　涙拭はず」は、有島生馬の揮毫。

案内板をたよりに鳥の種をみわける
金色の目をした黒い羽毛の小粒なキンクロハジロ
衆愚のようにぎゃぎゃ群れてぞめくユリカモメ
水面を磁場のように動かないヒドリガモ

ホシハジロ　マガモ　ヒドリガモ　カルガモ
とくに元気なのがながい尾羽で茶頭のオナガガモ
クチバシをかちかち鳴らしオスがメスと鬼ごっこ
体を反らせて首と尻の模様を目立たせる求愛ダンス
オナガガモは恋の季節なのだ
池の水は鳥や周辺の木々や二月の空気の
色と影をのみつくして静まりそして揺らぐ
水をすべる鴨の着水はなかなか見られない
が　いちどだけマガモの着水を見た
胸を四十五度に反らせ短くランデングすると
足に水をからませバチャッと着水する
馬蹄形した水の波紋がひろがる
そのとき明らかに
銀杏《いちょう》のような鴨脚《いちょう》（水搔き）を見たとおもった

其の参　枯蓮のうごくとき

この時季
不忍池のあっちこっちを覆っているのが
枯蓮の老残の群生だ
水におちる風に枯蓮がうごくと
風にみがかれた水面に枯蓮の影が揺らぐ
すると西東三鬼の名句がわたしのなかで動きだす
　枯蓮のうごく時きてみなうごく
三鬼が秋元不死男と薬師寺に遊んだときの句だという
この句を想いだすとかならず
加藤郁乎さんの代表句がうかびあがる
　冬の波冬の波止場に来て返す
わたしにはこの二つの句の気息が
ほとんどおなじに感じられてならない
郁乎山人と呑んだときそのへんのことをいい絡むと
ただ微笑するだけだったことも想いだされた

ついで飯田龍太の喧伝された句がでてきた
　一月の川一月の谷の中
これもおなじ気息のなかにあるだろう
いずれも大自然の凄絶な時間の
息づかいが聞こえてくるのだ
利行は葛西の枯蓮田を描いたらしいがその絵は見ていない

▼

・枯蓮の佳句を紹介
　耐へがたきまで蓮枯れてゐたりけり　安住 敦
　枯蓮の日を溜めて凪ぐひとところ　林田紀音夫

其の四　類は酒をよぶ

池畔にはベンチがたくさんあるが
ホームレス氏たちが華胥《かしょ》の国に遊んでいる
それでも東天紅にちかいベンチに空きをみつけて坐る

水鳥たちは
水の窪みに頭をつっこんでは水を小さく濁したり
水をすべって鬼ごっこしたり
とつぜんずぶぬれの声をあげたり
陸にあがって昼寝をしたり
アナキスト気取りのおしゃべりに興じたり
それぞれ光の二月の陽気をたのしんでいる
風や鴨の水掻きで水面《みなも》が揺れると
ステンドグラスのように色が揺らめく
愛用のスキットル（ポケット瓶）にいれた洋酒をとりだし
ピーナッツでちびりちびりやりながら
水鳥たちをぼうぼうと見ていると
わたしもエピキュリアンの鳥のような気分になる
この邪気のない渡り鳥たちが
鳥インフルエンザによるパンデミック（爆発感染）の
原因のなるかもしれないなんて信じられない　などと
またも加齢ぶつぶつをいっていると

とつぜん隣のベンチから声がとんできた
長谷川利行《ハセカワリコウ》に興味があるようだね
なにね利行碑をえらく熱心に見ていたのを見ていたんでね
それに恩賜の言葉が気に入らないらしいが
利行の口癖でいえば「どんとせえ！（Don't Say）」だ
おれたちは皇室がくるてえと
テントをいったん解体し
皇室が帰るとまた組み立てるんだ
浮き草の青テントだから世話ぁねえんだ
危険な外来種のワニガメやカミツキガメだって
好きでここに棲みついたわけじゃない
いうなればやつらも嫌われもののホームレスなのさ

そういって虫歯でまっ黒な口の
赫黒い顔のホームレス氏が語りかけてきた
そして人なつっこいまばたきをして

わたしの手許のスキットルを見つめた
察してスキットルとピーナッツを手渡すと
薄くにたりとした
わたしは氏をリコウ氏と呼ぶことにした
リコウ氏は呑むほどに喋りだした
ときどきいれるわたしの茶々に
喉をひきつるように嗤いながら
氏のひとり語りがはじまった

其の五　リコウ氏かく語りき

親父は人並みに画架《イーゼル》をたてた東京モンマルトルくずれで
母親はモデルだったともいうがわからない
親父のDNAのせいか
小さいときから絵が好きで
中年までは映画館などの絵看板を描いたりしていたが

自分でつくった梯子から落っこちてから仕事をなくした
いらい無告のホームレス家業が
おれの娑婆……
恩賜公園の丸太みたいなものだが
この丸太には血がながれているからやっかいだ
生きることは荒行だから
てめえという衆生を済度するのに
利行とおんなじ
おきまりの酒だ
神谷バーで電気ブランを呷ったりした景気もあったが
やけ酒ぐち酒の泥舟で
気がついたらアル中地獄だった
利行だって
慮外に人にたかって嫌われたそうだが
生きるのに
人一倍シャイだったからじゃなかったのかねえ

あるとき泥酔していると
ここのスダ椎《ジイ》の大木が
とつぜん飆《つむじかぜ》におそわれたように
はげしく樹肌をふるわせた
すると幾万羽ともしれない
ガランス色した蝶が
鱗粉をまきちらし
うずまきながら天空にすいこまれていった
スダ椎の大木は跡形もなく消え失せていた
どうやら大木自体が
幾万羽ともしれぬの蝶の大群だったかと
そんな幻覚を見て怯えたこともあった
金や銀の無数の紙片が目のなかで
いつまでも降り止まなかったこともあった
奈落へ墜ちる白昼夢なんてしょちゅうだった
いまは歳とって
身体がいうことをきかなくなり

酔うことは醒めることとしったから
ほろほろと酔えればいいんだがね
そして限界集落のような恩賜公園の吹き溜まりで
利行のように行路病者となって
看取るものもない死をまっているのさ
それがおれのタブロー（完成）……

其の六　胡蝶の木か胡蝶の夢か

リコウ氏は言葉をさがし紡いで語りおえた
わたしもいささか酔った気分だった
利行とおなじように酒好きで癌で亡くなった
中年のいっとき琴線をふれあった二人の画家を
わたしは想いだしていた
機嫌よく酔うと手拭いで信玄と謙信に化け分けて見せ
人をいやす孤独な心情を描いた……有吉新

土佐の崖っぷちにあったアトリエで徹夜で呑みあかした
国際的な木口木版の……日和崎尊夫
二人を想いだすと
有吉さんの苦悩するような〈自画像〉に
日和崎さんの心象を描いたカラーの〈ピエロ〉に
すぐにも帰宅してあいたくなった

リコウ氏と水鳥たちにさよならして
精養軒につうじる斜《なぞえ》の道をあるいた
陽はすでに弱くなっていた
とつぜん
春いちばんをおもわせる飆がおこった
するとスダ椎や粗樫《アラカシ》や赤芽柏《アカメガシワ》などの高木が
いっせいに枝葉をざわつかせると
葉のいちまいいちまいが
無数のガランス色した蝶と化して
暮れ泥《なず》む宙に渦巻き　舞いあがった

この一瞬のあやかしこそ
リコウ氏のみた胡蝶の木にちがいないと
わたしはなんども
じぶんにいいきかせた

いま尸陀林では

尸陀林《しだりん》（屍体をすてる林）には〈輪廻の木〉とよばれる巨木がある。尸陀林そのものが輪廻の木を母系として地に深く繫がる一樹だともいわれる。輪廻の木の根方にちかい横腹には人の頭がはいるほどの深い穴があり、人知れず〈玄洞《げんどう》〉とばれていた。

ぶつかる黒を押し分け押し来るあらゆる黒　**堀 葦男**

深い井戸をのぞきこむように
こわごわ玄洞に頭をつっこんだものは
交尾のあと雌に喰われる蟷螂のように茫然とたちつくす
あるいは病んだ黒猫の虚仮のような貌をする

あるいは九十九《つくも》坂を喘いできた駄馬のようにくずれる
あるいは穴からでられなくなった山椒魚《はんざき》のように怯懦する
あるいは悪の華をたべてしまった青鷺ように薄汚れる

前世や来世が人であったものも
そうでなかったものも
玄洞をのぞきこんだものは　すべからく
転生の実相をみてしまった悔恨にうちのめされ
へばりつく絶望と
こみあげてくる恐怖をうちはらうべく
わぁーわぁー絶叫しながら遁走する
そして尸陀林には二度と近づかないし
おのれの転生の実相を告白することもない
なかには　人であることの寂しさ切なさにたえられず
「来世はよもや人には生まれまいぞ」と
ひとり秘めて慟哭するものもいる

玄洞には
〈玄〉とよばれる傲慢なばかりの
漆黒の闇がある
ブラックホールの重力場のように
たえず蠢き泡立ち
粘菌のように
ざわざわ蠕動し
たかぶって膨らんだり縮んだりする
低周波めく音が　たえずごうごうと轟き
黒いずべらぼうの塊が
酔いどれた泥舟のように
ぬらぬら群れ　押したり
ぶつかったり　つぶれたり
モグラ叩きのように　出たり引っこんだりする
そのたびに塊は玄の泥におぼれ
声にならない悲鳴をあげる

手に負えない——$E=mc^2$

幻想好きの海馬村の住人が玄洞をのぞきこむと
玄牝《げんぴん》とよばれる衆妙の闇に
あらゆる生きものが聚まり
人の象《かたち》に
あるいは鳥獣魚虫の象になり
ほねくだきうたの執拗さで愛欲し
舌のようにはげしく性具をもてあそび
吹き吹かれ
転がり重なりあって
彼我の四肢がこんぐらかり
体をもったばかりに
けらけら快楽《けらく》し
玄洞をのぞいた人の前世
あるいは来世の
生の新鮮な寂しさと醜さをみせつける

それは全身総毛たてて哭きさけびながら
生れ　老い　病み
そして死ぬ
いまにつながる生き物それぞれの
無明の象だった
玄洞をかかえる輪廻の木は
生きとし生けるものの実相をみつめて
未生前乃至未生後の永劫《カルパ》を生きつづけてきた

いま尸陀林では
どんな夜よりも冥い闇を
大鴉がついばんでいる
失われた時の寓意が
ぐうーい　ぐうーい喚く
ときどき玄洞が　くっくっしのび嗤うのは
また海馬村の住人のひとりが
おのれの輪廻転生をさぐるべく

永遠の旅人をよそおって
尸陀林に入ってくるらしいからだ

性懲りもない――Homo Sapiens

▼

・釈迦による輪廻の解脱
八十歳になったゴータマ・ブッダは、王舎城の〈鷲の峰〉をでて故郷に向かった。この最後となる旅でブッダは、各地のさまざまな大樹、霊樹の下でさまざまにさとした。そして、余命がいくばくもないことを悟り、自分の教えをまもり戒律につとめれば、生の流転による輪廻をまぬがれ迷苦を超えられるであろう、といった。
・最期にブッダは、二本の沙羅双樹の間に臥せ、瞑想の階梯を経て、ついに完きニルヴァーナ（涅槃）に入った。
＊参考文献／中村元訳『ブッダ最後の旅――大パリニッバーナ経』
・密教では業（カルマ）を羯磨《かつま》というそうです。業を調和するという真言を、又聞きながら、伝授いたしましょう。このお呪《まじな》いが利くといいんですが……。
「のうまく　にけんだ　なうむ　あじゃーた　そわか　のうまく　あじゃら　そわか　いんけい　いんけい　そわか」

黄泉平坂指切りの渡し

黄泉平坂《よもつひらさか》の中ほどは平坦になり
道の両側にはえんえんと藤棚がつづき
紫の蝶がむれるように花房がゆれていました
わたしが花のなかをあゆんでいますと
背後から
おんなの歌声がじょじょにちかづいてきました

心中しましよか
指きりましようか
なんのこのまゝ別れましよ[*1]

おんなはわたしに追いつくと息のかかるほど背について
　にいさん　あたいの軀を買ってくんなよ
おんなが声をかけてきました
ふりむくと頽《くず》れた風情の遊女がそういっているのです
　この先にある尸陀川《しだがわ》の川守は指の無い人間をみると
　指切りの物語をえんえんとするそうなの
　そんなのいやだから金でだまらせるのよ
みますと遊女の左手の小指がありませんでした[*2]
わたしもそんなのいやだから
遊女は買わないが金をあげました
渡船口で
おんなはわたしのあげた金を川守にさしだしました
川守はおんなの手と金をじろりとみて舟をだしました

　渡り賃を厚くしてもらったべし
　じっくり指切りの話するでさ

三里の灸できたえた櫓こぎでも
向こう岸に渡りつくには暫時《しばし》かかるべし
本流の三途の川の四十由旬《ゆじゅん》*3のことをおもえば
あっという間でさ

どうやら遊女の黙らせ賃は逆効だったようです
川守は櫓をこぎながら指切りの話をはじめました
よくみると
川守も指が二本ほどないのです

これかね　鉱夫の仕事がいやで……
自分で指切って労災にかえたでさ*4
仕事や凍傷で無くした指は
きりもないべし*5
わしの話はそんなんじゃないでさ
剣や戦による指切りからはじめるべし

川守の話はおおよそこうです

——坂上田村麻呂の蝦夷征討軍に抗した蝦夷の首長阿弖流為《あてるい》の武将伊佐西古《いさしこ》の指は戦のなかで「左手の指三本が失われて」[*6]いた

——豊臣秀吉麾下の六万の軍勢と戦った南部の九戸政実《くのへまさざね》の乱で「敵は必死の形相で刀を摑んだ。何本かの指が飛ぶ。それでも離さない」[*7]

——南部家の北十左衛門という武辺者は藩主へ遺恨があって大坂の役では西方につき捕まった。藩主は「死刑に先だって手足の指を一本一本切るよう命じた」[*8]

——江戸初期、宮本武蔵さえ太刀打ちできなかった早川典膳には拇指を斬る秘剣があって「嘲る如く相手の拇指を斬り落とし」[*9]た

——享保のころ、尊属が卑属のためになした仇討ちの不文律に反する話。討ち手がとどめを刺したとき仇の「手の先から、指が二三本切れて古畳の上に落ちた」[*10]

わたしと遊女をのせた渡し舟は
櫓の音も川の流れの音もなく川面をすすみ

川守のゆっくりした重い声だけが
黙《しじま》を統べていました

――薩摩示現流の開祖・東郷重位《ちゅうい》は豪勇の宮原兵衛の挑戦をうけたが最後は、「太刀を握っていた兵衛の左手は、親指は無残につぶれ、他の四本の指はちぎれて庭の砂上に散乱していた[*11]」

――元治元年六月五日、新撰組は池田屋を急襲した。激闘二時間余、隊士の永倉新八の「刀は曲がって鞘に入らず、しも左の親指を切り落とされていた[*12]」

――おなじく新撰組の油小路の血戦では、翌朝の油小路四辻付近には、「四つの死骸がある許りでなく、沢山人の指が落ちていて[*13]」

――上州の博徒あがりの剣客・指切り源蔵こと細野源蔵は、「立ち合うと、まず相手の親指をくだく(略)それを切ることに精妙を得た[*14]」が、千葉周作には敵わず師とした

――桜田門外の変では、「ことに眼をひいたのは、切断された多くの指が雪の上に散っていることであった[*15]」鍔ぜりあいで斬り落とされたのだ。
耳や鼻の一部も。

この変では、襲撃方の薩摩示現流の有村次左衛門は左眼を斬られ、「左手人差指は斬り落とされているが、気勢はおとろえなかった」[*16]
――西郷隆盛の懐刀で陸軍少将・桐野利秋は、若い頃は［人斬り半次郎］という剣客であったが、西南戦争で戦死した。その死体検査書には「左中指断切痕」[*17]とある

ここで川守は一息つきました
視界には
輝きのないいまっ赤な巨きな陽が
川面に垂直にはりついていました

いままでの指切りの話は
みずからの行為で指を殺してしまったのでさ
つぎは権力や戦争で殺された手指の話をすべし

そういうと川守はふとく嘆息してまた話しはじめました

――春秋時代、黄河の「邲《ひつ》の戦い」では、楚軍が大勝した。『史記』には、「晋の軍敗れ、河に走り、渡るを争う。人指甚《はなは》だ衆《おお》し」[*18]と記され、船中の敗兵は船べりにすがる味方の兵たちの指を切り落とした。切り落とされた指は両手ですくいあげることができるほどだった

――日露戦争の日本海海戦において若き山本五十六が乗っていた戦艦日進が敵艦の巨弾をうけた。そのとき被弾した山本が「左手を上げてみる二本の指は折れて皮だけぶらさがっていた」[*19]

――伊藤博文をハルピン駅で射殺した朝鮮の安重根《アン・ジュングン》は「十二名の同士と左手の薬指を切断し、その血で太極旗に大韓独立と書き、独立運動の断指同盟を結成」[*20]

――太平洋戦争時には、上官による兵士の手指の切断があちこちであった。北海道の西海上でアメリカの潜水艦に輸送船が撃沈されたとき、将校のみが上陸用舟艇に乗り、その舟べりにつかまってきた兵の手や指が軍刀で切られた。「切っても切っても、また新たな手がつかまってきました」[*21]

――戦艦大和の最期にも同じことがあったという士官の話が残されている。救助艇は海に投げだされた兵員を満載するが、つぎつぎ船べりにつか

まってくる手を、「艇指揮オヨビ乗組下士官、用意ノ日本刀ノ鞘ヲ払イ、蠢メク腕ヲ、手首ヨリバッサ、バッサト斬リ捨テ」[*22]た

――満州では、「ソ連国境に近いハイラルでは、後退する軍のトラックにしがみつく一般邦人の手を叩き切って車は発車したのである」[*23]

満州を逃げだそうとした開拓団では、「土塀に上がろうとした中国人ば叩き落とそうとして、指を斬り落とされたり、耳を削ぎ落とされたり、腕をもがれた者もおっと」[*24]

「朝鮮ピーたちも松の根みたいな手で、トラックにしがみついてきたっけ」（略）「曹長は馴染みの女の手だってのに、軍刀で斬りおとしたもんだ」[*25]

――毛沢東時代、公社幹部によって、「まだ熟していない作物を少しばかり盗ろうとした子供が指を四本切り落とされた」[*26]

対岸の砂嘴《さし》からとびたったアジサシの群が
川にしきりにつっこんでいました　が
くわえてきたのは小魚ではなく
まっ赤な血にまみれた

指　指　指　指　でした
川面をのぞくと
無数の血指が浮遊しているのでした

渡りのまぎれにきいてもらった指切り話も
ここまでにするでさ
たとえ指でも命のそのものでさ
切られた指も人であるべし

川守が両手で水をすくうと
指　指　指　指　が
まっ赤な七竈《ななかまど》の葉のようにこぼれおちました
川守の声はくぐもっていました
笠で貌はみえませんでしたが
泣いているのかもしれません
やがて川守はほんとうに泣きだしたのです
泣声はだんだん大きくなり

なんまんだぶ
なんまんだぶ
なんまんだぶ
なんまんだぶ
…………………

いつしか
念仏となって川面にひろがってゆきました
わたしはおもわず掌をあわせました
遊女もいっしんに念仏を唱えました
合掌する川守と遊女の切られてない指には
いつのまにか水掻がついていたようでした
舟が対岸につきました
川守にふかく合掌して
ふたたび黄泉平坂にあがりますと
にわかにかがやきはじめた陽が

念仏と指をのみこんだ戸陀川の水が
黄泉平坂をひたすかのように
すべてのものをまっ赤に染めあげているのでした
そのなかを
わたしと遊女はふたつの火炎となって
並んであゆみはじめました

◀

＊1　松村又作「当世恋愛気質」より（一九二九年五月二十九日「福岡日日新聞」）。

＊2　遊女は、好きな客には愛情の証として、上客には見せかけの証として指を切って客に送るものもいた。指の切り方には「ずぶ切り」「そぎ切り」があったが、ほんとうに切るときはたいていは気絶したそうだ。西鶴によれば、上村辰彌という芸子は、客の前で指を切っても平常とかわらぬ身のこなしだったという（富岡多恵子『西鶴の感情』による）。

＊3　三途の川（葬頭河《そうずが》）の川幅は、四十由旬（一六〇〇km説と五七六km説とがある）。渡り賃は六文（約一二〇円）。

＊4　アイヌにも和人《シャモ》の仕事がきつくて指を切った例（チカップ美恵子『風のめぐみ』）がある。もちろん労災補償はない。

＊5　プレスや断裁機で指を落とした例は、「指塚」が建立されているほど。数知れない。

＊6　高橋克彦『火怨』「黙示」より

＊7　高橋克彦『天を衝く』「独行」より

＊8　海音寺潮五郎『剣と笛』「南部十左衛門」より

＊9　五味康祐『秘剣・柳生連也斎』「秘剣」より

＊10　長谷川伸『日本敵討ち異相』「燈籠堂の僧」より

＊11　津本陽『薩南示現流』「薩南示現流」より

＊12　池波正太郎『武士《おとこ》の紋章』「新撰組生残りの剣客」より

＊13　下母沢寛『新撰組始末記』より

＊14　司馬遼太郎『北斗の人』「指切り源蔵」より

＊15　吉村昭『桜田門外ノ変』より

＊16　津本陽『薩南示現流』「桜田門外の光芒」より

＊17　池波正太郎『黒幕』「開化散髪どころ」より

＊18　『史記』「晋世家」による。
『春秋左氏伝』では「中軍下軍、舟を争う。舟中《しゅちゅう》の指掬《きく》す可《べ》し」とある。

＊19　戸川幸夫『人間提督　山本五十六』「欠けた指」より

＊20　中野泰雄『安重根』より

＊21　吉村昭『総員起シ』「海の柩」より

＊22　吉田満『戦艦大和の最期』より

＊23　若槻恭雄『戦後引揚げの記録』より
＊24　麻野涼『満州「被差別部落」移民』「集団自決」より
＊25　坂東眞砂子『曼荼羅道』より
＊26　ユン・チアン／ジョン・ハリデイ『マオ　誰も知らなかった毛沢東』「大躍進」より

＊その他の断指例

・凍傷例としては、
史上有名な白登山《はくとうざん》の戦いで、劉邦の漢軍兵数万が寒気で指を堕《おと》した。

登山家では、ミニヤコンの松田宏也、ギャチュンカンの山野泰文、ジャヌー北壁の小西政継などが手指、両手、両足などを切断している。

・文芸作品例としては、
武田泰淳「流人島」では、「ゴリッと蛇の首のように」拇指を切断する。
三井葉子の詩「八百屋お七」、鳴戸奈菜の俳句「指切りの指が切れたよ矢車の花」
などがある。

・政治例としては、
決意表明や抗議行動として断指した事例は沢山ある。右翼が金子光晴に指を送りつけて脅した例もある。

・宗教例としては、
倶胝《ぐてい》和尚（馬祖の法嗣《はっす》の大梅法常三世の法孫）は、誰が何を問うてもただ一指を立てた。侍者が真似をして一指を立てた。すると倶胝は侍者をよびその指を断ち切った。これが侍者が忽然として悟る機縁となった。

孟子に「指一本を惜しむばかりに、肩や背まで失うのに気がつかぬ。それを狼疾《ろうしつ》の人という」という言葉があるが、作麼生《そもさん》。

逆水松異聞《サカサオンコ》

寛政元年（一七八九）五月、クナシリ（国後）島と対岸の道東メナシ（目梨）地域においてアイヌ民族が蜂起した。

クナシリの長人セツハヤフ、マメキリ等に率いられたアイヌが和人《シャモ》のあこぎな搾取と奴隷化に抗して叛乱。これに呼応したメナシのアイヌも蜂起。両地の運上屋、番屋、交易船を襲い、和人七十一人を殺害した。世に言う「クナシリ・メナシの戦い」である。

七月、松前藩の鎮撫軍は、クナシリの脇長人ツキノエ、ノッカマップ（野付嶋）の惣長人ションコ、アッケシ（厚岸）の惣長人イコトイ等に偽りの帰順条件をのませて降伏させ、ノッカマップにおいて、首謀者三十七人を虐殺処刑。鎮撫軍の監軍新井田孫三郎は、処刑した首級を携え、協力した四十三人のアイヌを松前に率いて藩主に謁見させた。

そのおり、松前藩主の末弟・蠣崎波響（二十七歳）がツキノエ等十二人のアイヌを描いたのが、名画「夷酋列像」だった。

わしは蠣崎波響の「夷酋列像」十二図中ただひとりの女《おなご》で
アツケシ（厚岸）の〈チキリアシカイ〉というアイヌだ
「夷酋列像付録」では
「是老媼、北島屈諾失律《クナシリ》総部酋長貲吉諾謁《ツキノエ》カ妻ニシテ、即乙箇咄壹《イトコイ》母也」
とあるが
マツ（妻）といってもツキノエには
妻と妾が十八人もいたのだから
もうわしなんかとはとうに交渉はないのさ
さらに「夫、貲吉諾謁《ツキノエ》カ為ニ奇計ヲナシテ、」とあるが違う
ツキノエはフレシサム（露人）から
たくさんのルジヨー（鉄砲）さえ調達できれば
松前と充分トゥミ（戦い）に持ち込めると考えていたんだ
だが鉄砲はカムイ（熊）を捕るようなわけにはいかなかった
結果として　ツキノエとは叛徒を帰順させるはめになったが
ツキノエのために奇計をなしたのではない
それどころかわしは　わしが死んでからも

シャモ（和人）の手先と陰口されるアッケシの惣長人《そうおとな》で
ポウタラ（息子）のイトコイを
クナシリ・メナシ一帯を統べる惣長人にするために
何人かの邪魔なウタリ（同胞）の命をうばってきたし
かつては剛勇だったツキノエの命をもひそかに狙っていた
気付いていたウタリもいただろうが
みな〈アッケシのパッコ（御婆）〉
と怖れられたわしに口をつぐんだんだ
刀と銛と毒矢だけの武器で
八十数挺の鉄砲や三挺の大筒までもつ二百数十名の松前軍や
つぎつぎ湧いてくるシャモに刃向かうことはできないんだ
だからツキノエのようにむざむざ息子のセツハヤフを
シャモの生贄にするよりは
わしは松前に誼《ぎ》し
イトコイにはウルフ（ラッコ島）とエトロフの二島に
弓の巧みなもの数十人を配させ蜂起軍の残党の退路をたち
アイヌを殲滅から救ったんだ

▼

・蠣崎波響『夷酋列像』(ブザンソン美術館蔵)
・「夷酋列像付録」＝蠣崎広長が「夷酋列像」に付けた図録
・チキリアシカ＝オッケニ、オイコノイケ、オツキネなど他称あり。また、「夷酋列像付録」のようにツキノエの妻とすることが一般的だが、船戸与一『蝦夷地別件』(新潮社刊)のように妹とする説もある。

だがどうだ
船戸与一という物書きなどは
ツキノエの孫のハルナフリに
ウタリの裏切り者として　わしの首を刎ねさせ
ウタリの女房を盗みだしたイトコイをウタリに撲殺させた
そしてあの波響の『夷酋列像』はなんなんだ
名画か傑作かなんか知らないが
松前秘蔵の豪勢なサンタンチミブ(蝦夷錦)を着せられて
英雄的に描かれているツキノエにくらべ
わしの貌は　奸計を呑んだトッコニ(蝮)のようで

マキリ（小刀）でももてば　安達ヶ原の鬼婆じゃないか
ウタリにいささか評判のよくない北海道の高名な詩人が編んだ本には
わしはこう書かれている

トゥミ（戦い）のさなか
わしがシャモの子供を助けて
松前藩主から　宝物を褒美としてもらったことを憎んだウタリが
わしを殺そうと殺気だった
わしは驚愕し　杖にすがって逃げ岩穴に隠れたが
恐怖で穴からでられなくなった
それでわしは杖を穴の入口に立てたまま死んだ
その杖に根が生えて大きくなったのが
厚岸町の天然記念物〈逆水松《サカサオンコ》〉なんだそうだ
いま町のオヤコツ（お共山）山頂には
樹齢約三〇〇年　高さ七・七m　幹周四・二mのオンコの古木がある
その枝振りが根のように広がって
一見逆さに生えているように見えるところから

〈逆水松〉と名付けられたという

▼

・詩人の編んだ本＝更科源藏『アイヌ伝説集』（北書房）
・オンコ＝イチイ科の常緑高木、アララギ。実は九月頃熟し、橙赤色で甘く食べられる。アイヌが狩猟の弓をつくる木。弾力があるので長い間仕掛け弓として山中に置いても緩まない。参考／萱野茂『炎の馬』（すずさわ書店）
・逆水松には、他に三つの伝説があると『アイヌ伝説集』が紹介している。

なんと〈アツケシのパツコ〉も　哀れなものよ
だがわしはなあ
いまだアエサンニヨワ（神の国へ）いっちゃいないんだ
死にきれやしないんだよ
シャモにだまされて降伏し
ノッカマップ（野付嶋）の浜で
檻にいれられたまま　槍と鉄砲でつぎつぎ虐殺された
三十七人のウタリの怨嗟のペウタンケ（絶叫）が
わしを裏切り者と叫んでいるようで

眠らせないのだ

豊かな時代の若いシャモのおまえが
世界遺産の知床観光のついでに
アツケシの湖やノッカマップの浜を巡ることがあれば
ニシ（空）にぞめき喚く　たくさんの鴉のなかに
大きな古木にとまってレラ（風）に身じろぎもしない
一羽の薄汚れたオンネパシクル（老鴉）を
おまえは見ることがあるかもしれない
さらに耳をすませば
その呪いのペウタンケを聞くことがあるかもしれない

その孤独なオンネパシクルこそ
地獄へもいけずに　ポクナモシリ（幽境）を彷徨う
わしの魂魄なんだよ
その腸をしぼりだすようなペウタンケは
ポウタラ（息子）への思いを

断ち切ることもできない
愧《は》じることもできない
哀れなハポ（母）の慟哭なんだよ
いまも　おまえたちシャモの差別に
息を殺して呻吟する
アイヌのウタリの悲鳴なんだよ

◀

・その他資料＝中村真一郎『蠣崎波響の生涯』（新潮社）
榎森進『アイヌ民族の歴史』（草風館）
新谷行『増補　アイヌ民族抵抗史』（三一書房）

腐木の棋譚

其の壱　切株があり愚直の斧があり*

若い杣夫《そまふ》は新しい剛い斧を手にいれたので
いつもとはちがう谿《たに》の獣道にふみこんだ
しばらくゆくとぽっかりとひろがった空地にでた
暗緑の木々に囲繞された空間には
空気がながれることもなくうっそりと澱んでいた
その中央で童子がふたり
切株に描いた碁局《ごばん》を囲んで棋《ご》に興じていた
童子たちの碁石の運びがあまりに熙々《きき》としているので

杣夫は斧を切株にたてかけて
ふたりの乾坤に磊々《らいらい》と遊ぶさまに魅入った

局面が終盤にちかづいたところで
とりかこんでいた木々の葉っぱがどっと笑いだした
すると童子ふたりも軀をのけ反らせて笑いだした
三劫《さんこう》ができたのだ
その終わりのない石の取りあいを楽しむかのように
童子は杣夫にかわるがわるつぶやいた

方形の棋盤《ごばん》は大地を　子《いし》は天をあらわす
天元は北極星を
四つの隅は四季をあらわす
一九道三六一の目数は一年の日数を
一目打つたびに一日がすぎる
白黒の石は昼夜・陰陽をあらわし
烏と鷺に喩えられる

布石は天体の動きをあらわす
三劫は尽きない争いの愚かしさを教えるだろう

二局目がはじまったところで
童子が杣夫に棗の実をくれた
口にすると
空腹も喉の渇きもまったくおぼえず
何十局も観戦に没入できた
やがて童子がいった
もう棋は罷《おわ》る　汝かえるべし　と
杣夫が立ち上がって斧をとろうとすると
柯《え》は爛《ただ》れ　腐りつくしていた
杣夫が山を下り　村にかえると
村はすっかり変貌し
家族はもとより　旧知の人もひとりもいなかった

◀

*「切株がり…」の俳句は、佐藤鬼房（『名も亡き日夜』より）

・この噺の原形は、梁（五〇二～五五七）の任昉《にんぼう》の撰によるといわれる『述異記』による。この故事から碁のことを〈爛柯《らんか》〉ともいう。
・三劫はめったにできない碁の形で無勝負となる。織田信長が本能寺の変の前夜に、本因坊の僧日海と鹿塩利賢の一局を観戦したときにできた。いらい日本では、三劫は不吉なものとされる。

其の弐　木が腐るあたまかかえて木が腐る*

ある日　ある村に
見知らぬ老いたおとこがひとりこつぜんと現れて
ここはわが故郷である
わが家の在処はどこか　と
あう村人ごとにたずねたが
不審な行人あつかいされるだけだった
己はここの者だ　と述べてみるのだが
別の己がおたおた語っているだけのような気がした

睫毛のながい聡明そうな子に道を問うと
怪しんで　舌をべろりと吐きだしたので
あかんべえを仕返してやると
子どもたちが石を投げてきた
住んでいたとおもわれるところは深い藪に変じていた

村のどこにも　かつておとこがいた痕跡はなかった
だが　泥田をはいつくばる男や
畦で赤子に乳をやる女の姿は
まぎれもなく男の家族のものだったし
故郷のものだった
なによりも海も山もたしかになつかしい風景だった
おとこは重い目をして不在の風景を徘徊《たもとお》った
かつて愛でていたとおぼしき藪椿は
大きくなって樹高こそちがえ見覚えがあった
藪椿はまっ赤な花をこぼれるほどに咲かせ
昔のように目白が花粉で顔を真っ黄色にしていた

雲雀の囀る下は　遠い父母の匂いがした
かぎわける風景や風の匂いの中に
おとこのかつての春があった
血はまぎれもなく
おとこの故郷であることを容れていた

先祖代々の墓があったはずの
海に向いた　村の墓域をたずねると
大地が血を吐いたように　いちめんに躑躅がもえていた
そのなかに　それらしき墓石はひどく朽ち
刻まれた字もさだかでなく　無縁仏となっていた
おとこは墓石にしがみついて号泣した
持ち帰った腐った斧の柄を墓に埋め
そして墓の裏ではげしく脱糞した
生はもどったが　時は疾《はし》り　痕跡は失われた
故郷とよべる地に己が属していないことを思い知り
はたと　夢中の意識に醒めた

血管ががんがん鳴るほどの驚きだった
棋をうっていた童子たちのくれた棗の実こそ
時を忘れる非時《ときじく》の実だった
無時間である棗を食っていたのだ
だから　おとこの空間と時間の今昔の関節がはずれ
昔の己を知る村人はいないのだ　と

◀

*「木が腐る…」の俳句は、阿部青鞋（『火門集』より）

其の参　秋風や夢の如くに棗の実*

おもいあまって　おれは村長《むらおさ》をたずねた
斧の柄が腐るほどの時をへた
不思議な体験を怪しんだ長老も
吐魂村《とこんむら》という　村の名の由来や
古い家系の者にだけにつうじる言葉の謂いを語ると

汝《そち》はわが村の一系の血の流れにつながる
神の赤子に相違ないとみとめてくれた
奇態な村名は　この地を拓いた始祖が
その今際《いまわ》の際《きわ》に
魂を口からどっと吐きだした　という故事による
ちなみに　この村だけつうじる言葉がある
妊娠をタマアイ　出産をタマダシという
死者はナキダマといい
間引きした赤ん坊を
筏にのせ海に流すことをアカダマナガシという

それからは　おれは希れなる体験をした一族の裔として
腐木老人という徒名までつけられ
おれが愛でた藪椿の近くにそまつながら小屋をえ
木地屋としてどうにか口過ぎをした

そうして一年が過ぎたころ

長老が肌の浅黒い中年のおんなを
出戻りだが連れ合いにどうかとつれてきた
おんなは満開の藪椿の幹によりそって
うすく媚び笑い　しきりに藪椿の朱を吐いていた
おんなの朱がおれの軀にまで滲んできたとき
おれは乳《ち》と地《ち》と血《ち》のひもじさをはげしく感じた
村に住んで　村に在ることをゆるされても
したり顔な村人にはなじめない
その薄っぺらい情も　おためごかしの声も　わずらわしい
三つのちのひだるさからくる
人間《じんかん》の隙《げき》　時間の隙《げき》は
けっして埋められはしないのだ　と
おれは勃然とわかった

おんなへの返事をあいまいにしたまま
おれは失われた斧の柄となる木をさがしに阜《おか》にでた
裸足になって深緑の青野をかけると

兄弟のように仲のよかった友と
草いきれのなかで戯れあったことをおもいだした
とつぜん　淋しさが軀を鷲づかみにした
だが　その淋しさには鮮しい驚きがあった
そのとき　おれの魂がはっきりと
吐魂村の乳と地と血を離れたことを知った
あの棋に興じた童子たちのいた乾坤へもどって
棗の実を食べながらいつまでも棋をみていたい
そんな渇望に魂が吐きでそうだった

村を背にして道が遠くまでのびていた
逆光に白く照らされた道を
涼気をふくんだ風に背中《そびら》をおされながら走った
村の境界の阜をこえた
ふりかえることもなかった
木立に法師蟬《つくつくぼうし》の声がわきおこった
もう秋が　秋がはじまっていた

▼

*「秋風や……」の俳句は、石田波郷（『病雁』より）

・乳《ち》＝家族と地《ち》＝地縁と血《ち》＝血縁という日本の農耕社会の三ちの原基

其の四　空山《くうざん》不見人《ひとをみず》　但聞人語響《ただじんごのひびくをきく》＊

わしは喜寿を過ぎてから
にわかに軀に空隙《くうげき》を感じるようになった
人との知情や世間の煩わしさを逃れて
山深くわけいると
なぜか慕わしいような空地があった
暗緑の木々に囲繞された空間に佇ちつくしていると
どこかで聞き覚えのある人語が響いた
人語をたどると
それは空間に立っている橘の古木に生る
ひときわ大きい実の一つからしているのであった

非時香菓《ときじくのかくのこのみ》だとおもった
そっと実を割ってみると
眉毛も髭も真っ白ながら童顔の老叟《ろうじん》が三人いた
二人の老叟は熙々《きき》として棋の乾坤に遊び
一人の老叟は脇で熱心に観戦していた
商山《しょうざん》の四皓《しこう》のような老人たちだ　とおもうと
二人の老叟が　かわるがわるつぶやいた

やあ　懲りずにまたきたね
汝も老観戦子とおなじくらい
眉毛も髭も真っ白な老人になったんだねえ
実を割っても吾らが楽しみを毀すことなかれ
四皓は世を商山の月に遁れ
七賢は身を竹林の雲に隠したといわれるが
四皓は権力に道がつうじていたし
七賢は権力への不満を放逸したにすぎない
われらは只管《ひたすら》に棋に興じているだけだよ

そういわれて
わしは遠い過去とこれからの未来をあざやかに想い描いた
三人の老叟は
過去に棋をうっていた二人の童子と
斧の柯《え》が爛《ただ》れ腐るまで
棋に魅入っていた杣夫のわしなのだ
してみれば
わしは過去のわしで　今のわしで　未来のわしだ
過去は新しく　今は夢中で　未来は懐かしい　と悟った
一局のさいごに三劫《さんこう》ができたのを三老叟が爆笑し
一人が　こういい放った
これが永劫にくりかえす人の世というものだよ

◀

*「空山…」の漢詩は、王維「廉柴」より
・非時香菓＝橘の実の古名。
・橘の実の中で碁をうっていた噺は中国の「幽明録」による。この故事により、碁のことを〈橘中楽《きっちゅうらく》〉ともいう。

・商山の四皓＝漢の高祖を太子擁立につき諫めた四人の隠者。霊芝を食べ長寿をえた。

黒い川〈クンネペッ〉

黒の唄《クンネウポポ》　一

まっ白におおいつくされた
雪の山峡
そのかくされた地中ふかく
炭塊となった古代樹の層がふかく
いくえにも　いくえにも　つらなり
つらなった層の闇から
黒いダイヤを
地上にひきずりだそうと群がった人々や

上前をはねるためにめじろおす神々の
欲望の血が黒くにじみだし
夢の血が黒くあふれだし
死んだ男たちや女たちを
ながれ　ながしてやまない
ついには　わたしをも
ながれ　ながしてやまない

まっ黒い川

其の壱　三笠幌内川〈ポロナイペッ〉

わたしの記憶にあるはじめての川は、石狩川水系——三笠幌内川。幌内川は三笠市の北海道炭鉱汽船㈱（北炭）幌内炭鉱の山間《やまあい》をながれる川です。川は石炭を洗うのでいつもまっ黒でした。

まっ黒な川が狭い山底を蛇行しながらながれていました。川にそって石炭を満載したながい貨物車をひきずった蒸気機関車が、巨きな黒い獣のように山をぬけていきました。冬には、野も山も煤煙でくすんだ街もふかい雪でおおわれ、白一色の風景を墨痕で切り裂くようにまっ黒い川がながれていました。そんな光景が毎日、山腹に建っている社宅のどこからも眼下にみおろせたのです。

それがわたしの原風景です。わたしはそこの小学校に入学しました。

▼

・幌内川は、アイヌ語でポロナイペッ（大川または大沢）による。

・幌内炭鉱は北海道の産炭の濫觴の地。幌内鉄道は道内でもっとも古い鉄道路線で、幌内はその終点にある。

「五寸釘の寅吉ごっこするべえ」

ワルガキ仲間でチビのがんちゃんが声をかけてきます。がんちゃんとぼくは、父親の着古したシャツをもちだして、秘密の場所にゆく。そこは蒸気機関車の待機所で、一部に二メートルほどの高さの仕切り塀がありました。ふたりは、大人の目を盗んで、給水ポンプの水でびしょびしょにしたシャツをもって塀に駆けより、腕を大きくふってシャツを塀の上部にびしゃっとたたきつけるのです。うまくするとシャツの先がしたたかに塀にへばりつく。それを縄のようにしてはいのぼって塀を乗りこえます。そのスリルがなんとも刺激的でした。とくにチビのがんちゃんは、その手口で監獄を脱走したといわれる五寸釘の寅吉になったように喜ぶのでした。

がんちゃんとは、かつて炭鉱や鉄道で働かせられた囚人たちが死ぬと埋められたといわれる沢を跋扈《ばっこ》しにいったことも忘れられません。目星をつけた沢に足を踏みいれますと、そこは囚人たちの血をすったかのようなまっ赤な鬼灯がいちめんに群生していました。ふたりはふるえあがって逃げだし二度と近寄りませんでした。

三年生のとき、父親の転勤で転校することになりました。がんちゃんが、「ふたりは生涯の親友だ」という手紙をくれました。それからがんちゃんとはなんどか手紙の往復がありましたが、わたしに転校がつづいていつか音信はとぎれてしまいました。

がんちゃんが、クリスマスイブに焼死したと風聞したのは、わたしが東京で大学生になったときでした。パーティ会場だった地下室の階段においてあった石油ストーブがひっくりかえって、まともに炎となった油をかぶったものらしいのです……。

◀

・幌内炭鉱は、北海道炭鉱汽船株式会社（北炭）の事業所のひとつ。会社の☆のなかに◯のマークは、じつは鬼灯をひらいた形をデザインしたものだともいわれる。

・三笠市にはいまも、「空知集治監の典獄官舎のレンガ煙突」が残っている。樺戸集治監が開墾と農場経営だったのに対し、空知集治監は幌内炭鉱の採炭が使役の中心だった。その石炭を運ぶために道内で最初に敷かれた幌内線も囚人の苦役による。

・五寸釘の寅吉とは、世紀の脱獄囚といわれた西川寅吉のこと。樺戸、空知集治監より脱走すること四回。脱走のとき五寸釘を踏み抜いたがそのまま脱走したので異名となった。

・集治監、寅吉の参考文献＝吉村昭『赤い人』、山田風太郎『地の果ての獄』

其の弐　幾春別川〈イクシュンペッ〉

三笠市の幾春別炭鉱をながれるのが石狩川水系――幾春別川。

むかしは暴れ川といわれ住民をふるえあがらせた歴史をもちますが、上流にダムができておとなしくさせられました。この川も洗炭の炭塵で黒いのですが水量があるため幌内川ほどには黒くありません。が、やはり黒い川は黒い川。

洗炭場のずっと下流にある幅二〇m、落差七m強の「魚染の滝」などは黒い川の瀑布が渦巻き飛沫をあげていて水墨画のようでした。滝壺には竜が棲むとも苔のはえた亀がいるとも噂され、泳いだ子供をなんにんも呑みこんだともいい伝えられ怖れられていました。

洗炭場から上流はダムまで奥深く清流がつづいていました。北国の夏はあっというほど短いのですが、水遊びの記憶はたくさんあります。

〽提灯だ〜せだ〜せよ　だ〜さないとひっかくぞ

おまけにかっちゃくぞ

七夕になると、子どもたちはグループを組んで町内を唄いながらねりあるきます。すると社宅の家々では駄菓子、花火、小銭などを用意してまっていてくれのです。短冊をかける柳の枝を、おおぜいの仲間と騒ぎながら川に採りにいくのも楽しいことでした。

川には茹でてたべると旨い毛蟹くらいの川蟹がいました。身欠き鰊や鮭の頭を紐にくくりつけて蟹穴にしかけると食いついてきます。それをタモ網ですくってとらえ食べるのです。また川沿いには、原始林そのままの栗やオンコ（一位）などさまざまな樹種の埋もれ木が見られる断層もあったことがあざやかに記憶にあります。

だが、なんといっても衝撃的な記憶は、わたしが五年生の年、五一年八月のひどく暑い日、岩見沢営林署幾春別森林鉄道のトロッコ列車が川にかかった高い鉄橋から転落し、死者六名、負傷者十四名をだした大事故のことでした。

死傷者がはこびこまれた病院がわが家のごく近くだったので、わたしはすぐに見にいきました。そこでわたしは、生まれてはじめて死者や死体を見、死傷者が多すぎるので病院の廊下まで使って、太股あたりから脚を丸ごと切断する生々しい手術などを凝視したのでした。その後、事故で寡婦となったある女性が生命保険の外交員になり、街の有力者とできたという噂がたち、それをわたしは苦々しく聞いた憶えがあります。その女性には小さな子供がいるのだから、しょうがないじゃないか、と小学生は同情したのです。そんな妙な記憶も浮かびあがります。

事故のころ、わたしは肺浸潤にかかっていて、その病院でマイシンをうっていました。だから、学校の運動の時間でも、ひとり二階の教室から仲間の走りまわる元気な姿をながめていたのです。
人の生死にたいするおさない感慨を二三篇の詩にしました。わが詩の濫觴でした。

・幾春別川の名は、最初は郁春別川、アイヌ語のイクシュンペッ（かなたの川）による。その渓谷は、巨大なアンモナイトやエゾミカサリュウなど貴重な化石が出土する地帯として知られる。

黒の唄《クンネウポポ》 二

その男たちはやってきた
その女たちもやってきた
内地から海をわたって
遠く異国から海をこえて
あるものは自分の欲望から
娑婆に済度の灯をもとめて

あるものは国家の欲望と商魂から
闇黒の坩堝《るつぼ》に生を拉致されて
その男たちは　わさわさやってきた
その女たちも　わさわさやってきた

それで
あの春秋の日だまりの巣に
微風にそよぐ翅をひろげたか
海の揺籃に眼を閉じ
愛の波におののくことができたか
それで
あの傲慢な神々の
渇きをいやすことができたか

其の参　夕張川〈ユーパロペッ〉

わたしは小学校六年生のとき、同じ北炭の事業所のある夕張市清水沢の小学校に転校し、一年して中学校にすすみました。中学校のすぐ脇をながれていたのが石狩川水系――夕張川。

この川も炭塵で薄汚れていたのですが、大きな川だったので魚や川エビなどがよくとれました。

〈北海道〉の地名の名付け親で、伊勢の人、幕末・維新期の北方探検家の松浦武四郎の『近世蝦夷人物志』*に夕張川一帯を踏査した記述があります。

「石狩川筋の夕張《ユウバリ》というところは、海岸から四十里（約百六十キロ）ほど内陸に入ったところで、そこに沙流《サル》、勇払《ユウフツ》、新冠《ニイカップ》と境をなす巨大な山岳があり、そこからながれ落ちる川なので夕張川というのである。」

夕張川の川筋も、カムイ（神）が棲んでいた　アイヌ・モシリ（人間の静かな土地）で、文化（一八〇四～一七）以前には、羆と格闘した豪勇の兄弟など九百名近いアイヌが暮らしていたようですが、和人《しゃも》に海岸に連れ去られたりして無人の境になっていることが記述されています。

アイヌの古老の話にも夕張がでてきます。

「夕張の奥にトムンチ・コタンというところがあり、ここには性の悪い熊でも獺でも貉でも蜂でも、この世の中であらゆる悪いことをした者を集めて置くところがあると伝えられている」(名寄市北風磯吉老伝、更科源藏編著『アイヌ伝説集』「夕張奥の悪者部落」)

さらに、松浦武四郎の紀行集「夕張日誌」には、鉈彫り仏でしられる円空が夕張岳にのぼろうとしたが登れず、一体の仏像を刻んだこと、また「後方羊蹄日誌」にも円空が夕張で仏像を作って納めた、という記述がありますす。円空さん三十五歳の若さでした。円空、松浦武四郎という敬愛するふたりが、故郷でかさなることにわたしはつよい驚きとふかい親しさをおぼえます。

そしてわたしのなかで、夕張川の印影が濃くよみがえるのは、ある朝鮮人との出会いでした。

その男は、ダム湖の深い朝靄のなかからあらわれました。ちいさな舟に屹立したまま、汀で釣り糸をたれるわたしの前にとつぜんあらわれたのです。

「ボウ、釣れるか?」

男のふとい声にいっしゅんわたしはたじろぎました。ちいさく首を横にふると、男は自分のビクから小魚を数匹わたしのビクに放りいれてくれました。

男は李潜《イ・ジャム》といいました。四十歳ほどの李と中学生との交友はこうしてはじまったのです。

中学校から遠くない上流をせきとめて造られたのが、北炭の自家水力発電所のダム湖でした（水力発電所はわたしが生まれた年に完成した）。月に一二度、朝早く湖に釣りにいくと、李と出会うようになりました。李は投網で川魚を漁《いさ》っていました。しだいに近づきになりました。

「ボウ、オレの小屋にこないか。蓬餅を食わすぞ」

李の後について森にわけいったのです。森のなかの小屋は粗末なものでした。入ると強い薬草の匂いがしました。土間には蓬がつんであり、壁には野ウサギの皮がなめされてはられていました。李は蓬の葉っぱでお灸の艾《もぐさ》を作って生活しているようでした。ちょっと怖かったのですが、蓬餅はうまかったし、李の話にひきずられて、それからなんどか李の小屋にいったのでした。投網を繕いながらする李の話は野生の驚きにみちていました。上等の艾は朱肉の材料になること、食用のヨモギと食べられないイヌヨモギや見た目がおなじ毒草の鳥兜などとの見分け方、アイヌ葱が群生する場所の見つけ方、野鳥を捕らえ食べる方法や青大将を捕まえて食べると身欠鰊に似た味がすること、など興味つきなかったのです。

　李は、戦時中に半島から炭鉱労務者として拉致同様につれてこられたといいます。日本が敗戦になっても、そのときには日本人の女がいたので祖国にもどれなかったというのです。いま女は街で酒場をやっているが、女が男をひきずりこむので、家をでてひとり暮らしをはじめたといいます。そういう関係になっても、川魚を漁っているのは鯉や鮒の甘露煮が評判の女の店のためらしいのです。男女のことはよくわかりませんでしたが、素朴で微笑のやさしい李のそばは居心地がよかったのです。ウマがあったということかもしれません。だが、李とのつきあいも一年ほどでした。中二のとき、またしても父親の転勤で北炭夕張鉱のある夕張市街の学校に転校したからです。数年して清水沢にいくことがあったとき、男の小屋をそっとおとずれてみたのですがいちめん虎杖《いたどり》におおわれ廃墟となっていました。いらい李の消息はわかりません。

　李のことを想い出しますと、

「オレは祖国喪失者なんだ」と李が淋しげにいい、

〽アリラン　アリラン　アラリヨ　……と唄ったリズムが甦ってくるの

です。

▼

・夕張＝アイヌ語でユーパロ（鉱泉の湧き出るところ）

松浦武四郎原著『近世蝦夷人物志』＝更科源藏・吉田豊　共訳『アイヌ人物志』「豪勇の兄弟、ヤエタルコロとトセッコラン」による。

『近世蝦夷人物志』は、当時出版不許可となり、出版されたのは、武四郎の死より二十四年後、明治四十五年だった。内容が、和人がアイヌ民族にくわえた非道、暴力の実体を怒りをこめて描いていたからである。

・「夕張日誌」には、「寛文年間、円空夕張岳に登らんとして、分け入りしに、終に上がり得ず、カムイコタンに七昼夜、薬師の神呪を唱して籠もり、一軀の仏像を刻みホロフンべの岩洞に納め」という記述がある。

・「後方羊蹄日誌」には、「寛文年間、濃州竹が鼻の僧圓空《エンクウ》と云もの諸国の高山を廻り、毎に鉈壹挺を携て佛像を刻めり。後此國に渡り、太田山、シュマコマキ、磯谷《イソヤ》、ユウバリ、恵山《エサン》、垂舞《タルマイ》、山越内諏訪社等にて佛像を作り納め」という記述がみられる。

其の四　志幌加別川〈シーホロカペッ〉

清水沢中学校の脇をながれる夕張川のすぐ下流に、一本のまっ黒い川が、真横から夕張川をつきさすようにながれこんでいました。それが夕張市の中心に遡る夕張川の支流――志幌加別川。

夕張は、北炭の主力の鉱山《やま》で、街は志幌加別川のながれるわずか六キロほどの狭い谷にあります。急勾配の谷底をはげしく蛇行しながらながれるまっ黒い川の崖の上のわずかな平地にへばりついて、街が、民家が、棟割り長屋の炭住が犇めいていました。

夕張は明治二十一年、志幌加別川の上流で石炭の大露頭を発見したことから炭鉱の街としての歴史がはじまりました。最盛期には、大小二十四の鉱山、人口十二万をほこりました。夕張繁栄の裏には、朝鮮人労務者などの問題、かずかずの大小の事故（累計死者約一〇〇〇人ほど）や騒擾事件や労働争議がありました。

夕張の景気をあてこんでプロ野球も横綱の大相撲もきました。

藤沢蘭子が早川晋平とオルケスタティピカ東京とやってきて、わたしと兄はたちまちタンゴファンになりました。当時、父は庶務関係の役職で、素人ながら琵琶の名手でしたので、不振をかこっていた錦心流琵琶の天才たちを招いたりしていました。その折、わが家でかれらの演奏を聴くことも何度かあったのです。

夕張に転校ときまったとき、乱暴者で陰でゴリと徒名されていた図体のでかい級友から

「いま俺んちの畑では苺がさかりだから遊びに来いや」

おもいがけない誘いをうけたのです。ゴリは自分自身をもてあましあつかいかねているような生徒でした。

ゴリの家は、山裾にある鶏の鳴き声と臭気のする農家でした。広い苺畑に案内されると、

「もう会えなくなるから、おもいっきり苺を食ってくれ」

というのでした。畑にゴリの母親がゆで卵を笊に山盛りもってきました。苺もゆで卵もおもいっきり食べたのでした。

帰りは、きた道をとおらず線路をあるきました。あるきながら、

「あのひとが……」

ゴリは母親のことをいうのに、そうきりだしたのです。母親が継母であることを、わたしはそのとき知ったのでした。

「あのひとが……、あるとき父さんから、〈弟と同じくとはいわないが、もうすこしあいつにやさしくできないか〉と懇願したことがあったんだ。すると、あのひとは、〈おいだってどんなにかあの子を愛して、この腕に抱きしめてやりたいと、なんどもなんども思ったさ。でも、それがどうしてもできないのよ。憎いんじゃない、嘘、嘘になるような気がするんだよ〉。あのひとは父さんに顔をゆがめ泣いてそういったんだ。それを物陰から聞いてしまった俺は、中学を卒業したら家をでようと決心した。あのひとも俺も苦しめないために……ね。おめえとはつきあいはなかったし、こんなことは他人に話すことじゃないんだが、なぜかおめえにだけは別れるまえに話したかったんだ」

　そうゴリはいって淋しげに微笑したのでした。わたしは、ゴリが継母と自分のつらさを対等にみつめていることに、ゴリの男らしさを感じました。ゴリとはそれっきりでしたが、高三のとき、ゴリが夕張のチンピラの兄貴株になっているといういやな噂を耳にしました。

　夕張神社の祭りのとき、友人たちと夜の繁華街をぶらぶらしていると、街の中心をながれるまっ黒い川にかかった橋の袂で、ひとりがチンピラ数人にカツアゲされそうになったことがありました。ヤバイと思った瞬間チンピラたちが四散しました。友人たちは、なんだ?と不思議がったのですが、わたしは電柱の裸電球の影にゴリがいることに気づいていたのです。ゴリもわたしに気づいて子分どもを退かせたにちがいないのでした。

わたしが社会人になったころ、ゴリはヤクザ社会でいい顔になっているということを耳にしました。さらに数年して、ゴリが敵対する組の一員に腹を刺されて死んだと、地元にのこった友人から聞いて動転したことがありました。ゴリが「あのひと」といった継母は、ゴリの無残な死に泪し、嘘でなく、その遺体を両腕に抱きかかえたにちがいないと、わたしはそう願い、そう信じたのでした。

夕張時代のわたしは、いっぱしの生意気な文学小僧でした。

新聞の短歌欄に応募して、はじめて文字でわずかな金を得ました。家に積んであった角川の昭和文学全集をすべて読破し、金子光晴、山村暮鳥、木下杢太郎の詩に心うごかされました(後に、この全集が詩人の鎗田清太郎さんの角川時代の仕事であったことをご本人から聞いて驚きました)。

小説を書いていた国語教師に「詩は四十女の深情けになるよ」と忠告されると、「詩がそんないいものならもっと深入りしてみたい」などと応えた愚かな文学小僧でした。

荒っぽい夕張にも文学とのかかわりは多少ありました。

大正十三年九月二十九日に、小樽生まれのプロレタリア詩人の小熊秀雄が「炭礦夫と月——夕張印象」という詩を「旭川新聞」に発表しています。小熊が夕張を訪れたのは、敬愛していた姉のハツが夕張で娼妓をしていたからなのです。

わたしは、小熊には特別な縁を感じています。小熊秀雄が結核で死亡した昭和十五年十一月二十日は、まさにわたしが誕生した日でもあるからです。プロレタリア詩に傾倒したことはありませんが、小熊にわたしとおなじような「在日北海道人」的意識があるような気がしてならないのです。

また大正十五年十一月六日には、歌人の若山牧水が、〈北海道揮毫頒布旅行〉のおり来夕しています。牧水は、北炭夕張で電気部長をしていた延岡中学の同級生の甲斐猛一を頼って来、甲斐宅に十日間逗留しています。そのときのカンテラ帽子に坑内服姿の二人の写真が夕張を詠んだ歌といっしょに沼津市の若山牧水記念館に残されています。その歌はこうです。

白雪をつめるがままに坑木はいま坑内におろされてゆく

◀

・志幌加別川＝アイヌ語でシーホロカペッ（本流の遡る川）

・北炭の主要株主は、創立当時には皇室が八％を所有し筆頭株主だった。皇室は、終戦直後の昭和二十年でも三井本社、三井鉱山に次ぐ第三位の大株主であった。
・北炭繁栄の影には、大勢の外国人労務者の存在があった。志願して日本にきた者あるいは強制連行されてきた朝鮮人労務者の割合は、ピークの昭和二十年で七八〇〇人（全労務者の五五・七％）だった。華人労務者は、所属請負組もいれてピーク時には二〇〇〇名ほどが移入された。戦争末期には白人俘虜が三一〇名収容されたが、ほとんど働かせられなかった（以上二項、『北炭「七十年史」』による）。それで戦後に戦犯、パージにあわずにすんだといわれる。
・また、人身売買や騙されて日本に連れてこられた朝鮮人の「労務慰安婦」は道内に一〇〇人以上がいて、十八の鉱山で働かされていた。北炭の鉱山では、幌内、夕張、平和、空知の炭鉱に慰安所があった。（札幌市教育委員会西田秀子「戦時下北海道における朝鮮人〈労務慰安婦〉の成立と実体」『女性史研究北海道』九四年創刊号所収による――未見）
・小熊秀雄、姉のハツの夕張については、田畑悦子『わが夕張』所収「夕張と小熊秀雄」が詳しい。
・小熊秀雄詩「炭礦夫と月――夕張印象」（同右「夕張と小熊秀雄」より）
ああ　私の亀裂をまさぐる斜坑の上の地面で／たくさんの青い私の眼球を拾った夕暮れです／まぐねしゅうむとだいなまいとを喰った亭主の股引が／ほんのり桜のやうに干されてゐた日没のころ／そろそろ月が昇ってしまった／……／淫売屋の小格子から／空をながめる私の炭礦夫／ちらばってしまった

紫外線を／いくら喰っても／肺患のなおらない月である／……／とろっこ／とろっこ　とろっこ／明日はまた運搬の作業である

・牧水の夕張行の経緯は、若山牧水記念館の会報第三号による。

其の五　エピローグの川

わたしの四つの黒い川の物語をここに終えます。選炭でまっ黒だった川はいまはすべて清流に還っています。

北海道の炭鉱はほぼつぶれ、北炭もありません。中学二三年生時のわたしの担任で国語教師だった足立敏彦先生は、いま北海道を代表する歌人になられておりますが、最新詠にこういうのがあります。

坑深く果てしを水封したるままの歳月なりき夕張紅葉*

夕張市はいまや財政破綻の市として全国に知れわたってしまいました。破綻は、石炭産業廃止を保障するためにながされた交付金の愚かきわまりない使途と地方債の返却のあてのない増額にあるでしょう。そして三笠市の破綻も時間の問題といわれています。

わたしは、赤線が廃止になる前年に上京したまま、首都圏をあちこちはみだしながらさまよったあげく、いま老のとば口に立っています。まだ死神は棲みついていないようですが、日々禿頭化を嘆き、世迷い言の譚詩なるものをもてあます日々です。「終に無能無才にしてこの一筋に繋がる」の心境に及ぶべくもありませんが、四つの川がつよくわたしの裡に甦ってくることがあります。どの川もまっ黒くながれています。

故郷というものなのでしょうか……。

▲

＊「坑深く……」は、「北海道新聞」短歌選者の足立敏彦作、主宰誌「新墾」（〇八年十二月号）より

黒の唄《クンネウポポ》　三

がんちゃんの三笠幌内川《ポロナイペッ》
トロッコ事故の幾春別川《イクシュンペッ》
李の夕張川《ユーパロペッ》

ゴリの志幌加別川《シーホロカペッ》

わたしの四つの黒い川は
いまや　原初の澄んだ川に還った
澄明な川は　きらきらながれ
青年の裸身のように青ざめてかがやく
川面をのぞくと
世界のすべてを映してみせるという
溺死したものの姿をもさらけだしてみせるという
その傲慢なばかりの純粋
その透明なナルシシズム
正義面した流れ
その白痴

そんな澄明な川には
わたしはいない
そんな澄明な川には

アイヌ民族の怨嗟
朝鮮民族の恨《はん》
華人の憤怒がない
時代にもてあそばれた泡がない
山峡の内臓をえぐって奔った水の狂疾がない
鉱山《やま》のくさった欲望の膿がながれていない
男たちのむきだしの欲望がない
女たちの寓意をいきた発情がない
玄牝《げんぴん》に孵るエロチシズムがない

澄明すぎる川に
死んだ男たちも女たちも
生きた男たちも女たちも
とまどいうろたえ怯懦する
死者たちは
その死を咀嚼しきれずに仰臥したままだ
生者たちは

痩せて錆びた釘のように佇ちつくす

だが　わたしのなかには
春秋の声とともにあった四つの黒い川が
いままでも今日《いま》もこれからも
いつも未生のわたしといて
わたしとともにすがれた光芒をはなちながら
ながれてやまない

「川は、森の尿《いばり》である」といった光晴師よ
まっ黒い川
それは　わたしの尿《いばり》だ

◀

・「川は、森の尿《いばり》である」＝金子光晴『マレー蘭印紀行』より。
正確な記述は、「それは、森の尿《いばり》である」

あとがき

この第六詩集は前譚詩集『臭人臭木』をさらに進めたものです。『臭人臭木』の樹木シリーズの続篇と四季を意識した篇と虚実皮膜の間の自画像を織り交ぜた三つのテーマからなります。例によってわきあがる妄想奇想、憑依をつづったものですが、「樹木」へのおもいはそうとう昇華され、代わって軀に「川」が静かに流れだしてきたような気配がしています。

あらためて読み返しますと、「花半開」という好きな言葉に反し、これでもかこれでもかといった顕わしようで、恥ずかしいかぎりです。ともあれ、前回同様、読書子に興味をもって読んでいただければ滅法界ありがたい。

すこし楽屋話をしますと、「火宅火定」は、生前親交のあった著名な女流俳人に憑依して書いたもので、ご本人は黄泉で呆れているにちがいありません。分かる人には分かるので本名は伏せます。

「黄泉平坂指切りの渡し」は、どこかでなにかになるだろうと、長年、小説などにでてくる断指の場面を乱読のなかでこつこつ拾い集めていたのが日の目をみたものです。ある俳友の一句に「黄泉平坂」

という言葉を見つけると、断指と黄泉平坂をむすんだ譚がぷかりと浮かんできたのです。放っておいた断指を供養できたおもいです。

詩集のあちこちに沢山の名句、佳句が引用しておりますが、すべてお断りもなく掲載したものです。なにとぞご海容ください。

題字は、俳誌「海程」以来の俳句仲間で、俳壇の化外で豊穣な俳句の宇宙を体現している大石雄介さんにお願いいたしました。まったく心に適った字を書いてくれ感謝感謝です。

前回に引きつづき、拙いものにご高配をいただきました思潮社の小田久郎さん、編集の亀岡大助さんに心より感謝もうしあげます。ありがとうございました。

原満三寿

二〇〇九年　花冷えの日

原満三寿（はら　まさじ）

一九四〇年、北海道夕張市生まれ

現住所　〒333-0834　埼玉県川口市安行領根岸二八一三―二―七〇八

所属・著作

■詩関係　「あいなめ」（第二次）を経て現在「騒」同人

詩集／『魚族の前に』（蒼龍社）

『かわたれのかれは誰』（青娥書房）

『海馬村巡礼譚』（青娥書房）

『続・海馬村巡礼譚』（未刊詩集）

『臭人臭木』（思潮社）

■俳句関係　「海程」「炎帝」「ゴリラ」「DA句会」を経て現在無所属

句集／『日本塵』（青娥書房）

俳論／『いまどきの俳句』（沖積舎）

■金子光晴研究　「金子光晴の会」会員（事務局担当）

評伝／『評伝　金子光晴』（北冥社　第二回山本健吉文学賞）

書誌／『金子光晴』（日外アソシエーツ）

編著／『新潮文学アルバム45　金子光晴』（新潮社）

タンの譚《たん》の舌《たん》の嘆《たん》の潭《たん》

著者
原《はら》満三寿《まさじ》
発行者
小田久郎
発行所
株式会社　思潮社
〒一六二―〇八四二　東京都新宿区市谷砂土原町三―十五
電話〇三（三二六七）八一五三（営業）・八一四一（編集）
ＦＡＸ〇三（三二六七）八一四二
印刷所
三報社印刷株式会社
製本所
誠製本株式会社
用紙
王子製紙　特種製紙
発行日
二〇〇九年五月二十五日